KB164128

난 잘 지내고 있어요

난 잘 지내고 있어요

초판 1쇄 인쇄 2018년 10월 26일
초판 1쇄 발행 2018년 11월 8일

글·사진 밤삼킨별
펴낸이 유정연

주간 백지선
책임편집 김경애 **기획편집** 장보금 신성식 조현주 김수진 **디자인** 안수진 김소진
마케팅 임충진 임우열 이다영 김보미 **제작** 임정호 **경영지원** 전선영

펴낸곳 흐름출판㈜ **출판등록** 제313-2003-199호(2003년 5월 28일)
주소 서울시 마포구 홍익로5길 59 남성빌딩 2층
전화 (02)325-4944 **팩스** (02)325-4945 **이메일** book@hbooks.co.kr
홈페이지 http://www.hbooks.co.kr **블로그** blog.naver.com/nextwave7
출력·인쇄·제본 ㈜상지사 **용지** 월드페이퍼㈜ **후가공** ㈜이지앤비(특허 제10-1081185호)

ISBN 978-89-6596-288-5 03810

이 도서의 국립중앙도서관 출판예정도서목록(CIP)은 서지정보유통지원시스템 홈페이지(http://
seoji.nl.go.kr)와 국가자료공동목록시스템(http://www.nl.go.kr/kolisnet)에서 이용하실 수
있습니다.(CIP제어번호: CIP2018034042)

my 는 흐름출판㈜의 생활·예술·에세이 브랜드입니다. **Make your life, MY!**

난 잘 지내고 있어요

밤삼킨별의
at corner

my

그러니까,
별일 없냐고 묻지 말아주세요

가까운 사람들에게
진짜 나의 모습을 보여주지 않고 살아가고 있을지도 몰라요.
좋아하는 사람이면 더욱 그렇죠.

가족이요?

가족에게는 가족이라서 말 못하는 마음이 있어요.
말하지 않는 것이 거짓말은 아니라고 생각하지만
결국 비밀을 지키기 위한 침묵은 거짓말인 거 같아서
그게 참 괴로워요.

거짓말은 언젠가 다시 돌아오거든요.

어쩌다 생긴 평온 속으로 다시 돌아와도
또 다시 하기 싫은 거짓말을 하게 돼요.
그러니까 나에게 잘 지내냐고, 행복하냐고,
별 일 없냐고 묻지 말아주세요.

당신을 좋아하니까요.

intro   그러니까, 별일 없냐고 묻지 말아주세요 4

spring /   다가서다 9

summer / 두근거리다 45

autumn /   달래다 89

다가서다

시간과 날씨를 파는
가게에 들러서
너의 로맨틱한
어느 날과
봄꽃 가득 내릴 날씨를
테이크아웃 했어
곧 갈게.

1월의 공항에 도착할
우리들을 향해

직항
경유
환승
편도
왕복
체류
지연

여행 용어인 듯하지만
일상을 말해주는 말들이기도 하다.

곧
2019년의 여행이 시작될 것이다.
'1월'이라는 공항에 도착할 우리들.
어디로 어떻게 가야 할지
서로 다른 비행기를 타고, 향하는 곳이 다르더라도
그래서 우리 외롭더라도, 외로움이라 하지 말자.

그저 나처럼 다른 이들도 이 한 해를
즐겁게 여행하라고 인사하자.

그래 맞다.

슬픔은 치유되지 않고 단지 엷어진다.

엷어진 슬픔의 2월이다.

아니, 2월이 될 것이다.

17

너와 나의 봄을 포개어
함께 살자고 고백해야겠다

네가 나에게 숨김없이 마음을 표현하는 것
그리고 만나지 못했던 시절의 나에 대해 질문하는 것
답하는 내 모습을 보는 네 왼쪽 눈이 반짝이며 움직이는 것
밥은 먹었는지 안 먹었는지 같은 사소한 것들을 물어주는 것
봄이 시작된 바다의 파도 같은 발음으로 네가 좋아하는 것을 말해주는 것
다정함 속에서 하던 말들이 길을 잃고 먼 곳까지 다녀오는 것
매우 소중하다는 듯 나를 네 두 팔로 빈틈없이 안아주는 것
네가 나를 소중하게 생각하고 있다는 것을 확신하게 만드는
사소함이 나를 설레게 하는 것
모자람이 있는 너와 내가 서로의 이름을 부르는 것만으로도
모든 것이 완벽해지는 것.

하고 싶은 말을 진중히 고르며 하던 말을 잠시 멈추고
괄호에 담긴 독백을 혼잣말하듯 소리 내어 말하며
갸웃하는 네 고개의 방향을 나도 모르게 슬며시 따라할 때

내 마음이 수줍어지는 것.

뭐라고 해야 할까, 이런 마음들을 뭐라고 해야 할까.
지금도 너무 좋은데 다음에 보면 지금보다 더 좋아지는 이 마음을
만나고 또 만나도 처음보다 더 처음같이 떨리는 이 마음을
이 마음이 이상해서 오히려 너에게 더 이상하게 보일까 봐
신경 쓰이는 이 묘한 마음을 뭐라고 해야 할까…
자꾸 내 스스로에게 묻지만
아직 모르겠는, 아니 어쩌면 모른 척하고 싶은 이 마음을
뭐라고 해야 할까?

봄을 너와 함께 보내다 보면 알 수 있을 것만 같으니
3월이 시작되는 날
너와 나의 봄을 포개어 함께 살자고 고백해야겠다.

또 그렇게 사라질 테지만
봄을 기다린다

언제 시작된 지 모르게 또 그렇게 사라질 테지.
모호하게 시작해 애매하게 끝이라 말하던 봄,
설렘이 전부였던 첫사랑을 닮은 그 봄.
그것이 상처였으면서도,
훗날 떠올리며 가장 아름다웠다 말하며
다시 두 번째 사랑을 시작한다.
봄을 기다리다, 어느새 봄을 닮은
우리들의 3월이 시작되었다.

봄날의 수줍던 사랑을
생각한다

"꽃송이가 그래그래 피었네" 노래하는 버스커버스커의 노래를 들으며
그래그래 핀 꽃송이가 아름다웠던 시절의
너와 나
수줍던 사랑을 생각한다.
너의 말이라면
단 한 번도 안 된다고 말하지 않았던 마음이
그래그래 꽃송이로 피었던
봄날의 수줍던 사랑을 생각한다.

사랑은

사랑은
삶에 새로운 정거장을 만들어
그곳에서부터 길을 잃게 하는 것.

사랑은
삶에 새로운 계절을 만들어
한여름, 내리는 첫눈에 반하게 하는 것.

사랑은
삶에 새로운 나이를 만들어
다시 없을 아름다운 한시절을 살게 하는 것.

사랑은
삶에 새로운 글자를 만들어
지금이 아니면 알 수 없는 구구절절을 쓰고 읽게 하는 것.

너와 나의
서로의 삶에 등장한
새로운 사랑은.

종이로 만들어진 소중한 무지개를 타고
당신을 만났습니다.
인연입니다.
소중하고 귀한 인연이요.

이 계절이 하도 소중하여,
지금 당장 당신을 부릅니다

당신을 생각하면
모든 것이 지금 당장이어야 할 것 같습니다.
지금 당장 보고 싶고,
지금 당장 사랑한다 말하고 싶고,
당장 당신으로부터 사랑한다는 말을 듣고 싶습니다.
지금 당장 보여주고 싶은 봄의 풍경과
지금 당장 알려주고 싶은 비밀을 속삭이고 싶어집니다.

이 계절이 하도 소중하여
지금 당장 당신에게 달려가,
이 계절에 피는 모든 꽃의 아름다움도
이 시절에 불어오는 바람의 부드러움도
다 당신을 닮았다고 말해주고 싶습니다.

내 마음 온통 당신으로 가득하니
행여 이 마음 모두를 보여주지 못하는 게 안타까워
당신이 생각나는 바로 지금, 당장
사랑하는 당신의 이름을 부릅니다.

사랑합니다.
당신도 이런 나를 사랑한다고 말해주세요.

마침표처럼 마침
벚꽃 잎이 내렸다

홍대에서 삼성동으로, 삼성동에서 한남동으로,
다시 한남동에서 홍대로 가는 길
벚꽃 잎이 바람에 흩날리기 시작한다.

가는 곳곳마다
일 하나씩, 사람 한 명씩 만나고 커피 한 잔씩 마셨던 날의
마침표처럼 벚꽃 잎이 내린다.

문득 생각나는 사람.
'그 사람도 이 풍경을 보고 있었으면 좋겠네'라는 생각도 해보았다.
그리고 그 사람도 내리는 벚꽃 잎을 보며
'그 사람도 벚꽃 내리는 풍경을 보고 있었으면 좋겠네'라고
나를 생각해주면 좋겠다.

이런 생각을 하니 잠깐 마음이 아팠다.

내리는 벚꽃 잎이 나의 말이다.
듣지 못하는 당신에게 내가 전하는 그리움의 말이다.

당신이 그립다.

이곳에서 너와 내가 살자.
너만 아는 나와
나만 아는 너가
사랑밖에 할 줄 모른 채

이곳에서 너와 내가 살자.

우리의 벅찬 이 시절이
좋아

발목이 보이는 길이의 바지도
복숭아뼈가 보이게 맨발로 신은 듯한 운동화도 좋아.
그런 옷차림으로 나를 만나러 나온 네가 좋아.

안아주고 싶은 순간과, 안기고 싶은 순간
내 머리끝이 너의 턱에 닿는
딱 그만큼의 키 차이가 좋아.
귓가에서 맡아지는 아주 적당한 향수의 향이 좋아.

바라보는 눈빛이 점점 뜨거워지는 순간
참을 수 없는 것을 참으려는
포개진 내 손을 모아 움켜지는 네 손의 강한 힘이 좋아.

그런 너의 손을 달래듯 내 입술 앞으로 끌어와
길게 입맞춤할 때 촉촉해지는 느낌과
네 손등의 달콤한 맛이 좋아.

사랑하는 우리가 사랑할수록
하나를 알게 되면 둘을 알아가는 게 아니라 오히려
하나를 알게 되면 또 하나를 모르게 되는
어려지기만 하는 어른의 사랑을 하는 시간이 좋아.

사랑하는 우리가 좋아질수록
알고 싶은 것보다 모르고 싶은 게 더 많아져서
때론 슬프다고 말하는 너의 사랑이 좋아.

사랑하는 마음을
사랑한다는 고백으로 다 하지 못할 거 같아서
"사랑하는 너를 좋아해"라고 말하는
우리의 벅찬 이 시절이 참 좋아.

곧 없었던 일로
서로의 인생에 남겨질 테지만
그래도 괜찮아.
이렇게 아름다운 계절을 닮은
당신을 만나
내 인생을 나는
조금 더 아끼게 됐으니까.

과거와 오늘의
긴 일교차

마음이 힘들거나, 몸이 아프면
많은 것들이 그리워진다.

힘들지 않았던 마음이 있던 시간과
아프지 않았던 몸이 있던 시간,
그런 그리움 속에 반짝이는
소소하고 사소한 감정의 모든 것이 말이다.

그리움이란
지나간 당신의 시간이
지금의 당신에게 전하는 메시지다.
'그리워만 하는 바보가 되면 안 돼.'

메시지에 답장을 쓰는 봄….
과거와 오늘의 긴 일교차를 겪고 있을 뿐이지만,

이미 바보였던 시간이 있었으니
더 이상 바보는 되지 않을 거라고,
소소하고 사소한 감정들이 반짝이는 미래에는
마음도 몸도 건강한 내가 될 것이라고 말이다.

스쳐 지나간 것만으로도
평생 꽃 같은 추억이라고 말할
그 사람

당신은 꽃 같은 추억이 많은 사람일 뿐
미련 많은 사람은 절대 아니란 걸 알아요.
하지만 추억도 꽃 지듯 지는 날 있겠지요.

그 꽃 지는 날
당신 추억마저 지켜주고 싶던 한 사람이
그 자리를 지나갑니다.

스쳐 지나간 것만으로도
평생 꽃 같은 추억이라 말할 그 한 사람….

기다리지 않으면
봄은 오지 않는다

기다리지 않아도 봄이 올 줄 알았는데
기다려야 봄이 온다는 걸 알았다.
내가 기다려야 나의 봄인 것이다.

'아무도 모른다'
그렇게 생각하면 견딜 수 있고
또 그렇게 생각해서 견딜 수 없는
시간이다.
아무것도 모르는 사람들이 아닌
다 알고 있는 사람들과
아닌 척, 모른 척 웃고 있어
외로운 봄이다.

처음 만나 영원히 헤어지는
매일 이별하며 사는
생활 이별자들의
처음이자 마지막인 모든 순간

summer

두근거리다

자꾸만 보이지 않는 것도
사랑하게 되어요.
남들은 못 보는데
나만 보여요.
당신과 나는
사랑에 빠진
비정상적인
두근거림증 환자들.

나에게도,
하루만 부탁해요

밤새 새살처럼 돋은 아침
공평한 선물이 도착했어요.
마음도 손도 대지 않은
새로운 삼백육십다섯의 날들
그중 하루쯤은 당신에게 줄 수 있어요.
나에게도 당신의 하루를 줄 수 있나요?

마음에
충실한 고백을 한다

어제는 만나지 못했고
오늘은 만났고, 내일은 만나지 못하지만
모레 금요일 저녁에 만나 저녁 한 끼 먹는 약속은
너를 만나기 직전까지
쉼 없이 기다릴 것이다.

너를 만나고부터 좋아하지 않는 순간 없이 살고 있으니
오늘 서울 19도라고 알려주는 너에게 좋아해,라고 말한다.
금요일에 시간 괜찮아? 밥 먹자 말하는 너에게 좋아해,라고 말한다.
걷다가 길을 찾느라 두리번거리는 너에게 기대며 좋아해,라고 말한다.
우산을 쓰고 걷는 길 오른쪽 어깨가 젖는 너를 끌어당기며
왼쪽 귀에 좋아해,라고 말한다.

'좋아해'라고 말하는 모든 순간은
참을 수 없이 심장이 두근거려 숨이 가빠오지만
그때마다 나를 포근하게 감싸주는 너의 품에서
"너를 좋아해"라고 다시 말한다.
'너무' '매우' '무척' '아주' '정말' 등의 부사를 붙여 말하면
혹시 흔해 보일지도 몰라서 마음의 충실한 고백을 한다.

6월, 모든 것이 아름답고 화사한 계절에
너무 소중하고, 정말 좋아한다는 화사한 고백 대신
깍지 낀 네 왼쪽 손에 살며시 입맞춤하며
너를 좋아해,라고
고백하며 발걸음을 멈출 것이다.
애틋하게 나를 안아줄 너를 바라보며.

하루종일 고정되어 있는
주파수처럼
당신을 틀어놓고 지내요

하루 종일 당신을 틀어놓은 채
커피를 마시고
책을 보고
낮잠을 자요.
꺼지지 않는 고장 난 라디오.
나의 오래된 주파수.
나는 늘 당신에게 고정되어 살아요.

푸르릉푸르릉푸릉푸릉
여름의 푸른 시동이 걸리는 소리
너도 들리니?

진동하는 심장의 울림이
언젠가는 멈추겠지만

내가 당신의 마음을 이용하여 당신을 잡아 흔들지 않을 것이고
당신이 나를 쉽게 생각하여 가볍게 흔들 리 없을 것임을
우리 서로 믿기로 해요.

진동하는 지금의 우리 심장 박동이 망설임이거나 혹,
먼 훗날 후회할 것을 이미 알아
불안하여 흔들리는
그러한 나약함이 아니길
우리 서로 믿기로 해요.

그저 말로 다 못하고
아니 말로는 평생 하지 못할 우리 감정이
그저 서로의 심장 속에만 숨어 숨 쉬는
그러한 안타까운 떨림이란 것을
숨겨야 하는 기쁨이란 것을
나도 당신도 알고 있잖아요.

언젠가는 서로의 떨림도 멈추겠지요.
그때는 우리 정말 없었던 사람이 되겠지요.
그러니
당신과 나
이 순간을 기억하기로 해요.
지금 이 순간을 잊지 말기로 해요.

이 여름은 더 뜨거워야 한다

마음을 알아주길 바라는 바로 그 순간 상처가 생긴다.
위로받지 못하고, 치유되지 않으니
기대에 대한 면역력은 약해진다.

이해받지 못했다고, 상처만 받았다고 생각하는 와중에
나 또한 어느새 타인에게 상처를 입히고도 미안해하지 않는
사람이 됐을지도 모를 일.

여름이어도 덥지 않고, 뜨겁지 않다고 말하는
기대할 것 없는 면역 결핍자들을 위해
이 여름은 그 어느 때보다 뜨거워야 한다.

반성하는 마음으로 얻은
'윤'을 간직하며

나이도 요일도 날짜도 다 헷갈리며 산다.
있어 보일 뿐 없는 것투성이고
그래 보일 뿐 그렇지 않은 것 태반이다.

이를테면 여유로워 보인다 하지만 다급하고,
열심히 사는 것처럼 보인다 하지만 게으르게 산다.
그래서 반성했던 6월.

반성하며 노력하는 '생활'이 시나브로 차오를 때
삶이 반짝 '윤(潤)' 나겠지.

반성하는 마음으로 얻은 '윤'을 간직하며
여름을 시작하는.

당신에게 힘을 보낼게, 반짝.

다시 또 사랑을 꿈꾸는
바보들에게

미련은 버려야 할 것으로만 여기면서
미련이 어떤 마음인지도 겪어본 적 없으면서
그 감정을 견디지도 못할 거면서…
아니 미련이 남을 만큼 한 사람을 품어보지도 못했으면서
다시 또 사랑을 꿈꾸는 바보들!

6월엔
부디 미련 곰탱이들만 행복해져라!

진심을
보관하는 방법

내가 너에게 주었던 마음이
무엇하나 진심이지 못했고,
진심이 부족하여
시간이 지난 지금 다시 보니
모두 다
네게 상처가 되는 것들로 변질되었다면
그건 모두 다 내 잘못이라 하겠다.

하지만
우리가 함께한 오래된 시간 속에
내가 네게 전하고 포개었던 마음 중
그중에 하나 진심 없었겠니.

당신이 진심을 보관하는 방법이 틀려
나의 진심을 간직하지 못한 건 아닌지
내게 화만 내지 말고, 원망만 하지 말고
잠시 나에 대한 미움을 멈추고
당신도 당신을 바라봤으면 좋겠다.

당신과 나의
거리

나이가 많아질수록 특별함과 새로움은 사라진다.
경험치가 알려주는 예측은
서로를 위한 거리와 경계를 만들고 수위를 조절하게 한다.
하지만 가끔 그 조절을 힘들게 하는 사람을 만나면
그로 인해 내 인생의 숨통이 좀 더 트일 수 있을지도 모르겠다.

좋아한다는 마음을
말하지 않는 것으로

'좋아한다 말하지 않는 것'으로,
좋아하는 마음을 지켜가는 동안
마음은 언제나 울고 있었다.
마음이 울고 있는 사람은 자주 웃는다.
그렇게 거짓말을 한다.

'좋아한다 말하지 않는 것'으로,
당신을 좋아하는 이 시절의 마음을 조금 더 오래 갖고 싶었다.
그래서 자꾸 웃기만 했다.
'다 괜찮다'고 했다.

이유 없이 누군가를 좋아하는 마음이 귀한 시절 속에
당신이 나를 좋아하지 않는 것은 하나도 두렵지 않지만
내가 당신을 좋아하지 않게 될 순간이 서둘러 올까 두려워
'좋아한다 말하지 않는 것'으로
좋아하는 마음을 지켜간다.

나는 이렇게 대답했다

당신이 내게 '언제 슬프냐'고 물었다.

'내 곁의 사람들에게는 일어나지 않은 그런 일들이
나에게만 일어났을 때 슬프다'고 대답했다.

그러나 또 반대로
'나에게는 일어나지 않는 일들이
또 누군가에 일어났을 때 슬프다'고 말했다.

그리고 나는 덧붙여 말했다.
'누군가에게 말로 할 수 있다면 이미 슬픔이 아닐지도 모른다'고.

더 좋아하는 사람의
몫

서운하거나 섭섭한 마음은
나의 마음을 모르는 당신 때문도 아니고,
내가 바라는 그만큼을 해주지 않는 당신 때문도 아니다.
원하고 기대한 사람은 나였다.
그리고 당신을 더 좋아하는 사람은 나다.

더 좋아하는 사람은
섭섭해할 수도 없고,
슬퍼할 수도 없고,
힘들다 말할 수도 없다.

그때까진
쉽지 않길

쉽지 않았으면 좋겠다,
편안함과 마음을 나눌 수 있는 방법이
나는,
쉽지 않았으면 좋겠다,
쉽지 않아서
때론 당신이 힘들어지고
때론 내가 힘들어
당신과 내가
기대어 포개어질 때까진
쉽지 않았으면 좋겠다.

희망을 꼭 끌어안고
울음을 터뜨릴 것이다

'결국 끝에는 다 괜찮아. 만약 괜찮지 않다면 아직 끝이 아닌 것일 뿐….'

그래, 아직은 끝이 아닌 시간이구나.
끝이 보이지 않는 시간을 지나고 지나
그 언젠가 끝을 만나면
거기서부터 희망이겠지.
그렇게 희망을 만난다면
나는 희망을 꼭 끌어안고 슬펐었다고, 서러웠다고
울지 못했던 울음을 터뜨릴 것이다.

어서 울고 싶다.
일부러 더 웃고 있는 이 시간을 보내고
결국 다 괜찮을 끝으로 가서
울고 싶다.

일상 안에는
세상에 없을 것 같은
모든 것들이 있다.
이를테면 순수, 운명…

나의 일상을
너에게 바친다.

삶은

있었던 일들로

없었던 일들이 일어나는 것이다.

마음을 다루는 방법

친하지 않은 관계에선 적당히 '살피며' 살면 되지만
좋아하는 사람들과의 관계에선
서로의 마음만큼 기분도 '보살피며' 살아야 한다는 것을
새삼 느끼는 날들이다.

눈치는 살피는 것이지만
마음은 보살피는 것이다.

시나브로 스며든
당신의 존재감

보이는 생김과 크기와 힘이 주는
한때 반짝이는 존재감이 아닌
시나브로— 모르는 사이에 조금씩 조금씩
내게 스며드는 당신의 존재감.

난 느낄 수 있었어.
당신과 나,
오랜 인연이 될 거라는 것을 말이야.

지금, 우리
행복해질 시간

그때 우리
괜찮지 않은 마음을 괜찮지 않다 말하고
힘든 심정을 힘들다 말하고
손잡아 달라 먼저 손 내밀고
울음을 참지 말고 울 줄 알았다면
그랬다면 지금의 우린 행복했을까?

행복하지 않은 지금의 이유를 생각하기 시작하면 더 불행해진다.
행복은 지난 시간을 후회하지 않는 마음에서부터 시작된다.
시작은 망설임 없이 바로 지금이다.

지나간 시간의 그늘로부터,
다가올 시간에 있을 불행의 가능성으로부터
담담한 마음으로 돌봐야 할 마음이 있는 바로 지금이다.

이 모든 우리의 시간을
사랑이라고 부른다

이 나이쯤 되니
뻔한 것이 그립고, 유치한 것이 되레 사랑스럽다.
서로 모르던 시절의 추억 서랍을 열고
각자의 소중한 순간들을 이야기할 때
'나도 그랬는데!'라는 우연에 기뻐하는 것이 유치하지만
'귀가 뜨거워졌다'고 '다시 통화하자'며
'네가 먼저 끊어' 서로 말하며
결국 '하나 둘 셋 동시에 끊자' 해놓고도

아직 들리는 숨소리에 설레는 것이 유치하지만

이런 우리를 바라보는 타인의 시선에 한 번도 머뭇거리지 않고
사람들 많은 지하철 에스컬레이터에서
내 목을 따뜻하게 감싸는 네 두 팔에 입 맞추는 것 또한 유치하지만

뻔하고 유치하여 사랑스럽고
살며 다시는 없을 이 모든 우리의 시간을
사랑이라고 부른다.

바퀴 달린 나와 너의
시간들

버림받았으나
버린 사람에겐 버린 기억으로
버림받은 사람에겐 버려진 기억으로 남아
여전히 버려지지도 사라지지도 않는
바퀴 달린 나와 너의 시간들….

그때의 시간으로부터
무뎌지자

연인의 사랑이 사라지고
친구의 우정이 증발하면
그 사람과 함께한
시간과 때와 장소의 '근처'가 힘겹다.

꼭 그 사람 때문이 아니더라도
그 '근처'만 지나도 가슴이 베인다.

무뎌지자.
우리를 우리라 부르면 안 되는
너와 나의 지나간 시간으로부터
근처만 남는 시간으로부터…

알 수 있었다

알 수 있었다.
당신과 나 사랑하게 되겠구나,라고
그리고 알고 있었다.
우린 이루어질 수 없을 사랑에 아파할 것을.

이제 당신이 하는 건
다 사랑이 아니었으면 좋겠다

다 사랑이 아니었으면 좋겠다.
당신이 하는 사랑은
다 사랑이 아니었으면 좋겠다.

너와 밥을 먹고
너와 물건을 고르고
너와 버스를 타고
너와 전화를 하고
너와 커피를 마시던

내겐 너와의 시간만이
전부 사랑이었으므로
너에게도 나와의 시간만이
사랑이었으면 좋겠다.

나와 보내던 시간이
사랑이 아니라고 말하는 당신.

이제
다 사랑이 아니었으면 좋겠다.
당신이 하는 사랑은
다 사랑이 아니었으면 좋겠다.

달래다

꽃 사주세요.
어느 날
당신에게 부탁하는
낭만.

계절의 훼방을 견뎌내고
도착한 시간

좋고 좋은

좋은 사람은, 당신이 좋게 보아준 사람이고,
좋은 사진은, 당신이 좋게 보아준 사진이듯
좋은 글은, 당신이 좋게 읽어준 게 좋은 글이라 믿는다.

좋은 글과 사진에 담긴 진심.
진심이 담긴 글과 사진은
단 한 줄과 한 장이어도 정성스럽고 따뜻하다.

하여 누군가는
그 한 줄을 부여잡고 계절을 건너고
그 한 장을 품고 계절의 훼방을 견딘다.

건너고 도착해 새롭게 시작된 시간.
이제 다시
글을 쓰고 사진을 찍으며
미안하고 고맙다는 말을
한 장의 사진, 한 줄의 글로 건네는
좋은 사람이 되고 싶다.

우리 모두가
각자에게 좋은 사진과 글과 사람으로 만나져
좋은 시간을 보내는 일상이길.

큰일 날 뻔했다의
말이 남기는 의미

'큰일 날 뻔했다'는 건 '사실은 아무 일도 일어나지 않았다'의 과장이면서
'일어났다면 정말 큰일이었다'의 놀람과 안도다.
일상의 뒷면에 항상 절벽처럼 숨어 있는 위태함을 생각하며
아무 일도 일어나지 않은 이 일상에
오늘도 감사하다.

숨 쉴 날

나이가 많아질수록
특별함과 새로움이 사라진다.
사람과의 관계도, 만남의 특별함도 기대도 사라진다.

경험치가 알려주는 예측은
서로를 위한 거리와 경계를 만들고 수위를 조절한다.
하지만 가끔 그 조절을 무의미하게 만드는 사람을 만나면
그로 인해 내 인생이 숨을 좀 쉴 수 있을지도 모르겠다.

숨 쉴 날을 기다린다.

마음도
오래 혼자 두면
상해요

오래 혼자 두면 상한다고요.
음식 말고 내 마음도 그래요.
당신 마음속에서 나를 꺼내두면
내 마음도 상하고
기분도 많이 상한다고요.
당신과 나의 싱싱한 관계를 위해
나는 당신 속에
당신은 내 속에
조금만 더 머물기로 해요.

속마음.
네게 기울어진 가슴.
사이의 서먹함은 띄어쓰기.
사랑할 땐 큰 마침표.
고백 옆엔 뜸 잘 들인 말줄임표.
약속 옆엔 느낌표.
안녕은 마침표.

너와 나의
시차

너와 나의 너무나 다른 방식, 표현과 태도.
우리 서로의 시차를 견디지 못한 채 안녕.
째각째각 시간이 갈수록
제각제각
틀린
우리의 차이들.

언제까지라도
기다릴게

슬픔 속에서 길을 잃으면
슬픔만을 만나게 될 것 같지만
아니야, 그렇지 않을 거야.

슬픔 속에서
네가 기다리고 있는
너만의 행복도 만날 것이고
너만의 기쁨도 만나게 될 거야.

언제까지라도 기다릴게.

너의 기쁨과 행복을 데리고
드디어 길을 찾아
우리 곁으로 다시 돌아올 너를

언제까지라도 기다릴게.

이 약속의 시간을
믿는다면

밝으려면 어두워야 한다.
따뜻하려면 뜨겁고 차가운 온도를
내 이마에 갖다대봐야 한다.
한 번 기쁘려면 열 번은 슬퍼야 한다.
그러지 않았다면 지금 우린
함께 손잡고 걷고 있지 못했을 것이다.

슬픔도 기쁨이 될 것이다.
어둠도 밝아질 것이다.
잡은 손 놓지 않는 이 약속의 시간을 믿는다면.

당신은 나를
나는 당신을 지나친 시간

사랑은 단 하나의 모양이 아닌데
우리는
우리가 아는 사랑만이
사랑이라 생각하며
사랑의 순간을 스쳐 지나만 간다.

인연이 아니었다고 말하지만
사실 인연이었던 적이 더 많았던 시간들.
그러나 그 인연을 모른 채
당신은 나를
나는 당신을
지나쳐간 시간이
인생이다.

숨은 마음들이
힘을 보내는 날들

힘든 오늘이 지나면 어쨌든 내일이 찾아온다며
해야 할 일을 미루는 일이 잦아질 때,
그때 삶이 무너진다.

무너진다는 건
사람을 잃는 것.
이해받지 못하는 것.

그래서 무너진다는 건
아직 잃지 않은 사람에게 마음을 기대는 것.
남아서 곁에 있는 이의 이해를 받는 것.

좋은 사람이 남아서 곁에 있어주는 것이 아니라
곁에 남아 있는 사람이 좋은 사람이라고 하지만
내겐 이제 곁에 없는 이들 또한 고맙고 좋은 사람이었다.

무너졌지만
사라지지 않은 숨은 마음들이
힘을 보내는 날들이다.

심장을 짓누르는
무게

모든 것은 무게를 갖고 있다.
다만 심장 위에 얹혀졌을 때
심장에 달린 저울 바늘이
내가 감당할 수 있는 무게까지 올라갈 수 있느냐에 따라
그것이 내 것이 될 수 있는가, 없는가에 대한 판단이 선다.

짓누르는 건 고통스럽고
가벼운 것은 존재감 없이 잊힌다.

그런 의미에서
사랑은
얹힌 순간, 그 한순간
내 심장 전체를 한 바퀴 휘감고
처음으로 돌아와
마치 운명의 무게처럼 받아들여진다.

진짜 사랑은 잊히지 않는다.

넘어져 다친곳은
감춰야 한다는 것을
잠시 잊었다

위로받으면 어색하다는 것을
누군가 잘해주면 불편하다는 것을
울면 당신에게 미안하다 말하는 것을
넘어져 다친 곳은 감춰야 한다는 것을
잠시 잊었다.
힘든 일을 힘들어하는 것이
힘든 일을 안 힘들어하는 척하는 것보다
행복한 것일지도 모른다.

자주 웃고 늘 괜찮다 말하는
사람에겐

잘 있지 못한 그때 나의 타이밍,
하필 그때
아니 하필이 아닌 마침 그때
당신에게 연락이 온다면
나는 그대로 무너질 것 같았지요.

그래서
연락을 기다리기도 했고
연락이 오지 않길 바라기도 했지요.

사실
나는 무너질 준비가 되어 있는데
무너뜨려 줄 당신의 연락이 오질 않아서
그 순간을 또 혼자 버티고 견디다
다시 아무 일도 없는 사람처럼 웃고 있습니다.

자주 웃고 늘 괜찮다 말하는 사람에겐

아주 가끔 맥없이 무너지고
이유 없이 울음을 터뜨리는 게
고백입니다.

어쩌면 우리는
잘 지내려고 하지 않을 때
잘 지낼 수 있는지도 모르겠다

울고 슬퍼하고 분노하고 내지르며 지킬 수 있는 기분들이 있고,
말을 하지 않음으로써 지킬 수 있는 감정들도 있다.
감정을 지키면 마음을 지킬 수 있음을 일상의 관계를 통해 배웠다.

다 알면서도 모르는 척하거나
몰라도 애써 알려고 하지 않는다.
'울지 마. 힘내'라는 격려보다
'맘껏 울어. 힘내지 않아도 돼'라는 위로 건넨다.

어쩌면 우리 모두는
잘 지내려는 노력을 하지 않을 때

조금 더 잘 지낼 수 있을지도 모르겠다.

슬픔이 오는
시간

사는 동안 알게 되었다.
슬픔은 1, 다음에 2, 다음에 3의 순서로
봄 다음에 여름, 가을, 겨울의 순서로 오는 게 아니라는 것을.
약속한 적 한 번 없이 오는 일방적인 성질의 것이고,
오고 싶으면 오고, 왔으면 가고 싶을 때까지 머무는,
배려 따위 없는 '삶의 악역'이란 것을 말이다.
슬픔이 끝나면 더 큰 슬픔이 올 수도 있다.
더 큰 슬픔이 끝나면 그보다 더 큰 슬픔이 올 수도 있다.

일어날 일은 반드시 일어난다.
지금이 아닐 뿐,
그 언제라도.

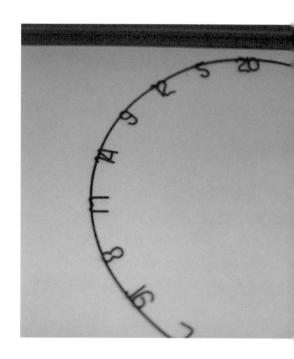

비밀을 간직할 수 있는 시간을
찾고 있어서

비밀이 있어서 외로운 시간이 아닌
비밀이 있어 따뜻한 시간을 갖고 싶어서
비밀을 간직할 수 있는 방법을 찾고 있습니다.
혹시 비밀을 간직할 수 있는 방법은
당신의 비밀인가요?

나는 너를
우리는 당신을
상처주지 말자

거의 대부분의 상처는 아는 이에게 받는다.
아는 이에게 받은 상처는
모르는 타인의 글과, 타인의 사진과, 타인의 노래로
위로받고, 위안 삼는다.

그래
나는 너는 우리는
타인에게 은혜를 입고 산다.
그렇게 입은 은혜를 갚는 방법은
우선, 아는 이에게 상처 주지 않는 것이다.

지금의 끝이
미래의 시작일 수 있다

헤어지길 백번 잘한 거야.
'지금이라도 헤어진 걸 다행이라 생각해'라고
타인의 이별을 위로하는 어른이 되었다.

'헤어지길 백번 잘했다'라는 말은
그전까지 당신이 사랑이라 말하고, 진심이라 고백했던 날들은
결국 아무것도 아니라고 말하는
폭파나 파괴 같은 말일지도 모른다.

그럼에도 불구하고
우리 모두 사는 동안
헤어짐이 되레 다행이 되고
헤어지길 백번 잘했다 위로받기도 하며
우리는 다시 누군가를 만나 사랑을 한다.
사랑의 끝이 이별이 아니다.

사랑도 시작이고 이별도 시작이다.

있었던 일은 아직 일어나지 않은
미래의 전제가 된다.
잘 지내다가도
잘 지내지 못하는 이유는
모두에게 있는 것이다.

그때 너는 나로 인해 행복했니?

마음을 켜고
힘을 보낼게

마음을 켜고 바라보면
당신의 하루가 조금 더
섬세히 보일지도 모르겠다.

시무룩해하지 말고
지쳐하지 말고
조금 더 생기 있게
하루를 보내길 바랄게
내가 바랄게 —

오늘 하루종일 내 마음을 켜고
당신에게 힘을 보낼게.

나를 꿈꾸게 하는
시간의 기쁨

기쁨을 갖는 것 마저 불안한 때가 있었지요.
그 기쁨으로 설렘을 갖을까 두려워도 했었지요.
그런 나에게 당신이 말해주길
그 기쁨은 사치가 아니라 했고,
설렘은 두려움을 이긴다 해주었어요.
그런 당신에게 고마움을 전합니다.
또한 당신의 10월이 따뜻하길 바랍니다.
당신으로 인해 기쁘고 설렜던 시간을 잊지 못할 거 같습니다.

이제는

이제는 바라볼 수 있도록
이제는 감싸 안을 수 있도록
내가 너를
네가 나를
너를
네가 나를.

당신도 있나요?
처음이라고 말하고 싶은
두 번째 순간들.

삶은 소중한 것을
잃어가는 과정이라 말했던가요?
그렇게 오늘은
기다림을 잃기로 합니다.

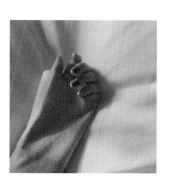

난 잘 지내고 있어요

밤삼킨별
essay

my

from *Standing Egg*

'에그 2호'가 '밤삼킨별'을 담아
독자들에게 보내는 편지

몇 년 전 나는 아날로그 사진들을 통해 처음으로 '밤삼킨별'이라는 이름을
알게 되었다. 일상의 사소한 장면들을 사소하지 않게 담아내는 그녀의
사진은 그 자체로 이미 말 없이 건네는 위로였다.
이제 막 인디 뮤지션이라는 이름을 달았을 뿐, 아무것도 모르던 나에게
그녀는 굉장히 영민하고 프로페셔널한 모습의 도시 여성으로, 그러면서도
여전히 순수한 소녀, 편안한 누나 같은 면을 지닌 사람으로 느껴졌다.

밤삼킨별의 글 또한 그녀의 사진들과 닮아 있다.
〈난 잘 지내고 있어요〉는 어쩌면 '평범한 사건'들로 가득한 책이다.
그녀의 일상은 흔히 만나는 누군가의 일상이고, 그녀의 경험은 우리의

경험과 다르지 않다. 그녀의 상처는 언젠가 나도 겪었던 적이 있던 상처고, 그녀의 여행, 그녀의 추억, 그녀의 고백 또한 어제 오늘 우리가 경험했던 순간들이다. 하지만 그녀는 그녀를 스치는 순간들을 흘려보내지 않고 그녀만의 방식으로 '캡처'한다. 그리고 마치 내 앞에 앉아 천천히 그 이야기를 들려주는 듯하다. 나지막히 솔직하게.

본래 깨달음이란 모르고 있던 무언가를 새롭게 알게 되는 것에서 오는 것이 아니다. 하염없이 우리 머릿속을 부유하던, 잡힐 듯 결코 잡을 수 없던 표현을 다른 누군가가 먼저 낚아채 입 밖으로 꺼냈을 때, 혹은 문장으로 써냈을 때 우리는 '아! 그래, 맞아.'하는 내적 탄성과 함께 작은 깨달음을 경험한다. 위로 또한 다르지 않다. 위로가 되는 글은 새롭고 특별한 가르침 대신 우린 서로 다르지 않음을 이야기함으로써, 글을 통해 서로가 서로를 안아주고 토닥여준다.

저녁 시간 버스 창에 머리를 기대고 읽는 그녀의 글과 사진은 어쩌면 내가 언젠가 흘려보냈을 그 순간들에 작은 의미를 부여하고, 자칫 흘려보내고 말았을 오늘의 작은 사건들을 되새김질하게 만든다. 그리고 창밖으로 지나는 빛망울들을 눈으로 좇으며 결국 그 안에 숨어 있던 작은 의미와 감상, 위로를 스스로 찾아내도록 한다.

'나도 잘 지내고 있어요.'라고 작게 읊조린다.

난
잘 지내고
있어요

어른이 되어갈수록 '괜찮다' 혹은 '잘 지낸다'는 생래적 거짓말을 한다.
잘 지낸다는 단단하고 따뜻한 말이 단지 말만 그렇지, 실은 그렇지 못한
어른들의 거짓말이 된 이유는 무엇일까. 잘 지내지 못하는 상황과 이로
인해 발생하는 감정을 자연스럽게 받아들이지 못하고 극복해야 하는
것으로 알고 지냈기 때문이다. 행복하고 건강하게 잘 지내는 것만이
전부가 아닐 텐데 '행복'하기 위해 '불행'을 병처럼 여기고, 병을 고치려는
노력 대신 감추려 애를 썼기 때문이다.
나의 안부를 전하는 '애티튜드'를 알지 못해 잘 지내지 못한다는 말을
타인에게 전하는 것이 쉽지 않다. 그뿐인가. 과거, 진심을 믿었던 이와
나의 힘듦을 공유함으로 한결 나아진 마음은 잠시, 오해와 괜한 소문을
만든 것은 결국 '괜한 고백'을 한 나 자신이었던 경험도 한 몫 한다. 비밀을
지키려면, 지키려는 비밀의 반대로 살아가는 듯 살아야 함은 일상을

고되게 하고, 고됨은 점점 소중한 것을 제물로 바치며 마음에 마음을
쫓아낸다.

잘 지내지 못하지만 잘 지낸다고 말하는 거짓말의 이유 중 최악은 잘
지내지 못하는 상황이 타인에게 약점으로 잡힌 경험에서 비롯된 것이다.
힘든 상황을 만들었다는 죄책감, 그 상황을 극복해야 한다는 중압감,
미안한 감정이 많아질수록 소중한 이들에게 드는 자책감은 약점 잡은
이가 나를 그에게서 벗어나지 못하게 하는 과정이었음을 결국 끝에
이르러서만 알게 된다.
생각해보면 잘 지내지 못하는 동안 가장 많이 했던 말은 소중한 이들과의
약속을 지키지 못하며 했던 '미안해'라는 말과 '괜찮아' '잘지내'라는
말이었다. 미안해,라는 말만이 진심인 채 나머지는 모두 거짓말이어서 또
미안한 그런 시간.

20대 시절은 이제껏 내 인생에 가장 아름다운 일로만 가득했다. 첫사랑을
시작하여, 첫사랑과 결혼을 했고, 삶의 의미이며 전부인 사랑하는 두
딸 민&정을 만났다. 그토록 짝사랑하던 잡지 〈PAPER〉의 필진 정유희

언니가 내밀어준 손을 잡고 잡지 한 켠에 사진과 손글씨를 담은 '앳 코너'를
연재하기 시작했고, 연인 같은 친구를 만나 가로수길과 친구의 작업실을
오가며 일상의 숨통을 틔우기도 했고, 가장 밋밋하고 단조로운 말들로
각자의 슬픔을 '퉁' 치며 맛있는 것을 많이 먹으라고 말하는 이도 만났다.
2004년부터 〈PAPER〉에 한 달에 한 번 사진과 글을 연재한 것이
지금까지도 이어지고 있다. 14년 동안 봄 여름 가을 겨울, 계절이 몇 번이나
지나고, 1년 12달이 몇 번이나 흘렀다.

조금은 잘 지내지 못하는 것이
추억에 대한 예의
- 2004년 10월 〈PAPER. at corner〉

한 달에 한 번 나와 함께 세월을 지나쳐온 글들을 하필, 인생에서 가장
험악하고 아프고 황량한 때 내어놓게 되었다. 이미 많은 이들이 함께 본
나의 일기이자, 당신들에게 보내는 나의 작은 독백이자 고백이다.

여기의 글들은 14년간 내게 일어났던 일들의 진짜 이야기다. 연인 같은
친구와 더 이상 인연이 아닐 때의 슬픔, 내게 일어난 현실의 일들이 주는

감정, 여자로서 사랑을 느꼈던 틀림없던 사랑, 설명할 수 없어 '그저 잘
지낸다고 말한다'는 잘 지내지 못하는 표현이 담긴 글들이다.

마음에 물기가 사라져 조금만 뒤척여도 슬픔이 소리를 내고, 마음이
부서진다. 잘 지낸다는 거짓말이 나쁜 마음을 흘려보낼 마음 길을 다 막고
있으니 그러하다. 불안, 우울, 외로움, 슬픔, 괴로움만이 전부인 때는 내가
그 마음을 들여다보는 일 또한 지옥을 보는 일이라서 '괜찮아, 잘지내'라는
말로 지인들의 다정한 안부의 말을 잘라내고, 숨었다.

이제 조금은 더 잘지내는 것이
아팠던 나의 마음에 대한 예의
– 2010년 7월 〈PAPER, at corner〉

최근의 근황을 말하기엔, 말하기만 하려 해도 눈가에 모든 중력이
모여드는 기분이 들어 힘들다.
정해진 고통의 무게와 크기는 없다.
고통은 고통이라는 것으로, 다 같은 것이므로, 우리는 우리가 각자가 안고
있는 고통을 견디며 살아가고 있다.

비단 나뿐만이 아니라 나와 같은 시간을 보내는 이들이 한두 사람이 아닐 것임을 안다. 해서 우리는 서로 각자 알아서 해결하자 암묵적으로 말하며 잘 지내고 있는 건 아닐까.

내내 슬펐고, 아팠고 추웠던 나는 최근 불안, 우울, 외로움, 슬픔, 괴로움만이 전부였던 때를 정면으로 들여다보게 한 귀인의 도움으로 '지옥'을 들여다보았고, 그러다 그 일이 일어난 '사실'을 직시하였고, 어떻게든 살아남으려 노력하고 있는 중이다. 귀인의 공간에다 작은 화분에 담긴 로즈마리 하나를 사다 놓고, 매일 해가 드는 자리에 화분을 옮겨놓으며, 낮은 온도의 밤엔 안으로 들여다 놓는 것이 가장 의미 있는 하루를 살고 있다. 소염의 의미와, 나를 소생시킨다라는 로즈마리. 말하지 않음으로 스스로 만든 지난 '지옥의 시간'을 마주 보는 방법을 알려주며, 그것으로 겨우 나를 살린, 그래서 귀인이라 부르는 이가 해주는 삼시세끼의 따뜻한 밥과 이제 막 만들어진 반찬과 담백한 국물을 염치없이 얻어 먹으며, 지난 이야기와 나를 망가뜨린 시간의 기억을 꺼내어 늘어놓는다. 그러는 동안 국이 식으면 지인은 거기에 뜨거운 국을 다시 부어준다. 눈가에 중력이 다시 모여들라 치면 그땐 크게 웃어버린다.

〈PAPER〉, 14년의 글과 사진과, 지금 내 곁의 사람들로 소염 중인 지금.

아직 앞으로 어찌 할까는 모르겠지만 나아지겠다는 약속으로 이 책의

의미를 전하고 싶다.

나만의 이야기가 아닌, 동시에 우리의 이야기이며 상황인 '난 잘 지내고

있어요' 라는 말이 의심 없이 들리고 말하는 시간이 우리에게 곧 찾아오길

바라며,

사실 나는 잘 지내지 못하고 있어요,

고백한다.

— 밤삼킨별 올림

'누구라도 닥쳐오는 일을 미리 알고 막아낼 수는 없을 거야.
단지 할 수 있는 건, 그래서 더 중요한 건 그 일을 어떻게 겪어내느냐겠지.
난 지금 그러고 있어. 너도 그러길 바래.'

내 인생은 앞으로
당신의 말에 답장을 쓰며 살아갈 것이다.
첫 번째의 답장은
지난 내 인생이 아름다웠던 많은 순간은
당신이 곁에 있던 날들이었고
이제부터 내 인생이 나아질 순간 또한
당신이 곁에 있던 날들이 있기 때문이다.
사랑했다,라는 말보다 고맙다,라고 말한다.
너도 그러길 바란다는 당신의 말이 밝혀줄 내 인생이
당신에게 '나는 잘지내고 있어요'라고 화답할 수 있도록
지금을 잘 보내고 싶다.

contents

'에그 2호'가 '밤삼킨별'을 담아 독자들에게 보내는 편지 3

intro   난 잘 지내고 있어요 5

winter / 다시 나에게로

겨울, 눈을 보관하는 방법 18

그러니까, 결국 이 모든 문제는 20

남들 다 하는 것 리스트 23

생각 만나기 26

여기가 아니면, 그 어디가 행복하겠어 30

떠나야 할 이유 한 가지 + 떠나지 못한다는 변명 백 가지 37

공허함과 공황감을 벗어나는 공항에서 공항까지 43

행복하지 않은 이 순간마저도 나는 잘 지내고 싶다 47

안다고 생각하며 모르는 시간을 걷는다 52

스치듯 안녕한 풍경이 마음에 길을 내었다 55

왜 좋음에 완전히 몰입되지 못하는가 60

호텔과 여자 64

해보면 결국 아무것도 아닌 일들이 훨씬 많다 70

열심히 모든 풍경에 닿으려 하지 않을 것이다 73

키를 넘는 눈사람 76

조금 소리 높여 음악을 듣는 밤 82

알려고 온 것이 아니야, 느끼러 왔을 뿐이야 86

낯선 곳에서의 감기 기운 89

나의 러브레터 92

나를 잠재운 어젯밤의 그이 98

녹아도 좋아,라고 말할 만큼 용기가 나지 않아서 101

정성스런 양치와 세수 106

다시, 아무렇지 않은 일상 109

존재가 주는 다정한 위로, 나의 부엉이 인형들 111

후회를 한잔 건네는 시간 117

사람이 어떻게 변하니 119

잘 살고 있지 않은 모두에게 122

생명이 있는 기다림이 내 인생을 배려해줄 테니까 126

살아가는 시간 128

winter

다시 나에게로

불행했던 기억은
겨우 찾아온 행복을
의심하게 한다.

우리는 하나의 일에
숨겨진 두 가지 가능성을
동시에 예측하는
슬픈 능력자들.
이 능력자들은
'아는 게 병'이라서
'모르는 게 약'이다.

행복하지 않는 것이
행복이며 다행이라 말하는
슬픈 능력자들에게
아는 것보다
모르는 게 많아지길
기도한다.

겨울,
눈을 보관하는 방법

그곳에 머물며 일상을 이어가는
사람들의 건강함을 보는 것만으로도,
혼자 조금은 벅차게
일을 하고 있었더라도,
여행 온 두 사람의 우정과
행복한 표정을 본 것만으로도
좋았던 시간인 것이다.
나로 인해서가 아닌,
내 눈에 담긴 사람들로 인해
좋았던 시간으로 기억되는 것이.

난 여전히 혼자 다니는 길이 편하다.

함께 다니는 순간이 있지만 출발부터 함께가 아닌

우연한 동행으로 함께인 시간이 편하다.

아직은 아니지만, 훗날엔 혼자 다니는 여행이

외로워지는 날이 올까?

외로워, 누군가를 한없이 그리워하며 찾게 될까?

아직 나는 혼자 다니면서 외로워지는 게 아닌,

그리워지는 그 순간의 느낌이 행복하다.

그리하여 부르게 되는 나의 가족과 친구의 이름이 좋다.

겨울의 온도가 몸서리칠 만큼 차갑고 시려도
그리하여 따뜻함이 간절하듯
내 인생, 이 시절의 온도가 그리워하는 것에 감사를 전한다.

그러니까, 결국
이 모든 문제는

결국 이 모든 문제 그러니까 타인을 사랑하는 것이든, 공부를 하는
것이든, 사회 생활을 견디는 것이든, 꿈을 이뤄가는 것이든
그런 것들은 모두 나를 사랑하는 일과 맞물려 있는 것이 아닌가.

고백하건대 나는, 나를 사랑하는 일에 지독히 인색했다.
어떻게 나를 사랑할 수 있다 말인가. 웃기지 않는가 했다.
내가 얼마나 게으르고, 핑계가 많고, 가진 것은 쥐뿔 하나도
없으면서 요행만 바라는지. 그것을 나는 누구보다 잘 알았다.
나 같은 사람을 어떻게 사랑할 수 있단 말인가, 하고 나는 언제나
나를 외면하거나 나를 거절하는 사람에게 너그러웠다.
나도 그러하니 그들도 정당하다고 생각했다. 나처럼 단점 투성이인
사람을 어찌 사랑할 수 있다 말인가.

더불어 그것은 자만과 겸손의 문제와 맞물렸다.

나는 내가 자만하게 두지 못했고 겸손하도록 철저히 담금질하였다.

하지만 이제 생각해보면 결국 내가 나를 아끼지 못하니 나는

세상도, 타인도, 가족마저도 한 번도 제대로 사랑해본 적이 없으며

언제나 한 발짝 뒤에서 그들을 훔쳐보기만 했던 것이다.

그거야말로 지독한 교만이다.

나를 사랑하는 일은 나를 아끼는 문제고 내가 담긴 세상을

바라보는 일이고, 나를 사랑하는 사람들을 감사로 품어내는

일이다. 자존감 없이 타인을 대하니 언제나 그와 나 사이엔 깊고

사나운 파도가 일렁였다.

나는 의심의 눈빛으로 타인을 바라보고 기대 없이 돌아섰다.

그것이 나를 얼마나 외롭고 사납게 하는지.

내가 나를 자랑스러워했던 순간,

내가 나를 믿었던 어떤 한 순간, 내가 어리석지 않았던 시절은

사람들이 나를 이뻐라 했던 나날이었다.

사랑받았으므로 사랑할 수 있었다.

나를 사랑하지 못하면서 타인에게 사랑을 요구하는 것은

이율배반이다.

언젠가 이곳에서 함께했던 것들을 두고 가야 한다면 더 빛나고
좋은 것들을 나에게 주고 돌아서고 싶다.
내가 나를 사랑하는 그 빛이 겨울을 견딘 햇살처럼 투명하고
반짝반짝 눈부셨으면.

남들 다 하는 것
리스트

잊을 수 없을 풍경과 순간,
그런 시간의 기쁨을
전하고 싶은 누군가가 마음에 있습니다.

아름답고 감탄이 절로 나오는 풍경을
함께 보고 싶어 나를 떠올렸다던
누군가의 마음을 전해받습니다.
하여 외로움과 슬픔과 고통으로
이어지는 현실의 길을
담담히 지나갑니다.

나누는 것이 눈에 보이는 '선물'이 아닌
눈에 보이지 않는 '마음'이 오갈 때
의미 있는 나와 네가 됩니다.

가던 길만 가려 하고, 하는 것만 하려 하고, 관심 없는 것은 참
오랫동안 무관심한, 어찌 보면 '변화'라는 것 자체를 좋아하지 않아
꺼리기까지 하는 내가 18년 동안 남들에게서 "해라 해라 해라",
"좋다 좋다 좋다", "필요하다 필요하다 필요하다" 등의 말을 천 번을
듣고도, 그래도 관심의 시동이 걸리지 않던 그것에 시동이 걸렸다.
운전면허.

살며 평생 필요하지 않을 것 같았던, 별 필요함을 못 느꼈던 그것이
요즘 문득 필요해졌다.

'차'라는 커다란 것을 소유하는 것은 핸드폰과 카메라 매뉴얼에도
쩔쩔 매는 내게 감히 상상도 안 되는 일이라고 생각했다.
그리고 내게 '인생을 살며 믿지 말아야 할 것 리스트' 중 하나는
'바퀴 달린 것' 아니었던가.
그 리스트를 참 오랜만에 수정해야 할 때가 온 것이다. 특별한
이유는 없다. 늘 남의 힘을 빌어 조수석에 앉아 바라보던 창밖의
풍경과, 도착한 곳의 풍경을 혼자 고요히 보고 싶어서였다.
삿포로 시내에서 비에이로 이동하던 긴 길을 묵묵히 운전해주던
이에게는 고마웠지만, 언젠가 그곳에 타인의 힘이 아닌 온전한
나의 힘으로 도착하고 싶었다. 스페인의 안달루시아를 달릴 때
해바라기 가득한 평야를 지나치며 머물지 못한 것이 아직도
아쉬움으로 남았으니 언젠가 나의 힘으로 그곳에 차를 멈춰
해바라기밭에 남겨지고 싶다.

욕심은 늘 무엇을 원하게 만든다.

하지만 나는 혼자만 떠나지 않을 것이다. 힘들던 나를 말 없이 옆에
태우고, 당신들이 힘들 때마다 찾아가 마음을 정리한 곳이라며

그곳을 공유해준 당신들을
이제 나의 그곳으로 데리고 갈 것이다.

생각 만나기

숙제를 하던 아이가 갑자기 벌떡 일어나 "생각이 너무 쪄서 생각이 나질 않아요!"라며 좁은 거실을 빙빙빙 돌며 달렸다. 그러자 둘째는 그 모습이 재밌는지 어느새 "생각이 뚱뚱해요, 우리 언니 생각이 뚱뚱해요!"라며 2절(?)을 붙이며 마치 돌림노래를 하듯 같이 달렸다. 그 둘의 모습이 웃겨 나도 노트북에서 손을 떼고 일어나 "내 생각도 뚱뚱해요. 내 생각도 너무 쪘어요!"라고 3절을 붙이며 같이 달렸다. 달리는 세 여자의 달리기는 그야말로 가관이었다. 그러다 결국 유난한 발자국 소리에 놀랐다는 13층 아줌마의 인터폰에 우리는 그제서야 달리기를 멈췄다.

딸아이는 수학 숙제를 해야 하는데, 엄마가 노트북을 두드리는 소리가 들려오고, 동생이 방에서 뭐하고 있을까 궁금해지고, 고래밥 냄새도 생각나고, 동물원에서 보았던 얼룩말 색깔도

생각나고, 영화 〈해리포터〉에서 날개 달린 황금공 스니치가
날아다니며 내는 소리도 생각이 나서 머릿속 생각에 살이 찌는 거
같았다고 말했다.

그런 아이의 말을 어른의 말로 정의해보면 '잡념'이 많아진 상태인
것이다. 머리와 가슴속 생각에 살이 찌고 뚱뚱하다는 딸아이는
거실을 빙빙 돌다, 함께 시원한 보리차를 마시고 생각의 살을
빼고(?) 금세 수학 숙제를 마무리했다.

어찌 보면 아이의 말대로 몸만 살이 찌는 것이 아니라, 생각도 찌는
것이다. 생각을 갖고 산다는 것은 중요하지만 그 생각의 경량을
더하고 덜하여 '좋은 생각'으로 마음과 머리를 편안하게 하는
지혜가 필요하다.

적당한 생각과 때론 아무 생각 없이 살아야 하는 용감한 시간이
필요하다. 생각이 많아진 요즘의 나는 거실을 빙빙 돌며 달리던
그때를 종종 떠올린다. 이를테면 생각하면 별일 아닌 일들로
기분을 망치고, 망친 기분으로 옆 사람들의 기분도 버려놓고,
그렇게 결국 하루의 모든 시간을 망쳐 갑갑하고 답답한 오늘 같은
날은 더욱 그렇다.

생각이 너무 쪄서, 생각이 너무 뚱뚱해서 괴로운 이 시간.

먹을 것은 안 먹고 굶으면 배라도 꺼졌는데, 생각은 하지 말자 하여
멈춰지는 것이 아니라 '생각하지 말아야 한다'는 생각을 생각하다
보면 거기서부터 다시 별별 생각이 떠오르니 말이다.

생각이 많아지면 정작 해야 할 일을 하지 못한다. 봐야 할 것을 보질 못한다.

시간에 방치된 생각은 '긴 시간'과 비례하여 '긴 생각'이 되어 아직 하지 않아도 될 걱정과 근심과 부담을 만나 어느덧 더 복잡해지고 살이 쪄서 '잡념'이 되어버린다. 그리고 살이 찐 생각은 마음을 빠져나갈 수 없으니 답답해지고, 처음 생각할 때 반짝 솟던 용기는 점점 줄어든다.

처음의 '좋은 생각'을 지키지 못해 생각이 나지 않는다면, 생각할 수 없다면, 생각을 멈추어도 된다. "아 나도 몰라 몰라, 안 해 안 해!"라며 하던 생각을 날려버리는 그 순간이 되레 아직 떠오르지 않은 '좋은 생각'을 지켜줄 것이다.

문득 불어오는 바람이 모든 생각을 멈추게 하는 순간 기지개를 펴고 쉼 호흡을 하며 '생각지도 못한 생각'을 만나러 가자.

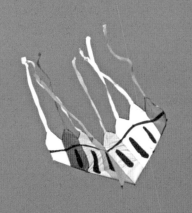

여기가 아니면,
그 어디가 행복하겠어

북해도 I

익숙함을 벗어나면 외로워진다.
하지만 때론 그 외로움을 만나야 하는
인생의 시기가 온다.
지독히 벗어나고 싶고 떠나야만 할
바로 지금의 이곳을 벗어나고자
노력하여 떠날 수 있는 건,
떠난 자리로 다시 돌아올 수 있다는
안도 때문이다.
내가 떠난 이곳은 돌아온 후에도
여전히 엉망이겠지만(아니 사실 더
엉망이 되어 있을지라도)
떠났다 돌아온 나는 그때와 조금이라도
다른 모습이므로 괜찮다.
일상은 저 스스로 변하지 않지만
여행을 결심한 나의 그 순간은
이미 변하고 있는 것이다.

다양한 경험은 파편처럼 작고 세밀한 입자로 개인의 모든 감각
기관에 박혀 있다고 믿는다. 읽고 보고 만지며 부딪치며 직접 겪은
일은 물론, 타인을 통한 간접 경험은 개개인의 고유한 상상력과

결합되어 여러 감정 작용을 일으킨다. 공포를 주는 대상은
같더라도, 공포의 크기가 각기 다른 이유는 여기에 있다. 남들은
고작,이라고 말하는 것도 개인에 따라서는 극한 공포의 대상이기도
하지 않은가.

그 옛날 쌕쌕이라는 음료수 안에 해체된 귤 알맹이의 이미지를
비롯해, 촘촘하게 박힌 오이씨 참외씨가 그렇고, 다리 많은
곤충이거나 아예 다리가 없는 동물들이 그렇다. 계단을
두려워하기도 하고, 대중교통을 이용해 한강다리를 건너는 그
순간이 공포스럽다고 하면 사람들은 웃지만 내겐 일상생활에서
애를 먹고 있는 순간들이다. 공포의 다른 말을 두려움이라고
한다면 두려움은 극복해야 할 대상으로 인식하고 있다.

국민학교 2학년이었을 때, 철봉에 매달려 놀다가 착지하는 순간
발바닥에 쑥 박히는 그 무엇의 느낌을 나는 아직도 기억한다.
발바닥에 무언가가 깊숙하게 박힐 때 귓가에 스치던 그 소리는
못이 박힌 발바닥의 통증보다 더 공포스러웠다.

그 후로 어떻게 치료를 받았는지 정확한 기억은 나지 않지만 그
순간은 사는 내내 공포의 기억으로 남아 있다. 하여 친구들이
고등학교 시절, 혹은 대학교 시절 귀를 뚫을 때 그것은 평생 내게
일어나지 않을 일이라고 단언하곤 했다. 두 딸을 자연분만으로
출산했을지언정, 출산의 고통보다 귀를 뚫는 것이 내겐 더 커다란
공포였다.

사랑하는 사람을 잃는 경험을 하게 된 건 서른 초반이었다.
사랑,이라고 하면 누구나 이성을 떠올릴 수도 있겠지만 30대
여자에게 사랑이라 말할 수 있는 존재는 이성이 아닌 동성의
경우도 많다. 좋아한다는 말이 모자라서 사랑한다고 말하던
존재를 잃고 난 후 나는 참 많이 울었다. 출근길, 퇴근길에 서서
울었고 걸으며 울었고 주저앉아 울었고 울지 않으려다가 울었다.
집에서 회사에서 지극히 정상적인 사람이었다가 그 중간의 어느
시간에서 참 많이 울었다. 아는 사람과 우연히 눈이 마주쳐도
울었고, 모르는 사람과 어깨가 부딪쳐도 엉엉 울었다. 사는 게
고통스러웠고, 고통스러움은 공포를 가져다주곤 했다. 결국 고열에
쓰러져 병원에 눕게 된 날, 그런 나를 보며 엉엉 울던 어린 큰딸을
보며 "엄마 괜찮아"라고 말하며 아이를 안심시켰고, 그날 밤
병실에서 혼자 나아질 거라는 결심을 했다.

다시 출근을 했고, 코엑스 상가들을 걷다가 우연히 귀금속 집 앞에
걸린 '귀 뚫음. 0.1초. 무통'이라는 글자를 보게 되었다. 가슴이 쿵쿵
뛰었고 가장 공포스럽다고 생각한 그것을 버리고 싶다는 생각에
가게에 들어가 귀를 뚫어달라고 했다. "귀 볼이 도톰해서 언니는
조금 더 아플 수도 있어요"라고 가게 언니가 말하는 것 같은데 잘
들리지도 않았다.
주사를 맞을 때 그 공포의 순간 내가 하는 행동은 손톱으로

손등을 세게 꼬집으며 고통을 분산시키는 것인데 난 의자에 앉는
순간부터 발바닥에 못이 박히던 그 순간을 꾹꾹 누르며 왼손등이
시퍼렇게 멍이 들도록 꼬집었다.
"언니 다 되었어요"라는 무심한 가게 언니의 말이 들렸다. 그제서야
거울을 보니 내 귀 볼엔 곤소금같이 생긴 큐빅이 각각 박혀 있었다.
이렇게 별 게 아니었네. 되레 시시함에 피식 웃음이 났다. 32년 만에
제일 큰 공포 하나를 지웠던 순간이다.
현재의 고됨이 고통이 되고 고통이 공포스러울 때, 갖고 있던 공포
하나를 제물로 받쳐 공포를 극복하면 조금 나아질 수 있다는
생존(?) 방법을 터득하게 된 후… 몇 년이 흘렀다.
견디면 나아질 줄 알았던 모든 상황은 시간이 흐를수록 더 많은
것을 요구하기 시작했다. 고통도 공포도 익숙해지면 그것 또한 내
것인 줄 알게 되고 있었다. 일상의 얼굴을 하고 익숙하게 '오늘은
이만큼만 아프자'라고 통증을 권하는 하루하루에 나도 모르게
뺨을 먼저 내밀고 있었다.

  역겨움이 익숙하기 때문이다.
  역겨움을 견디는 것이 저 황량한 세계에 홀로 던져지는 두려움을
  견디는 것보다, 두려움의 크기만큼 넓고 깊게 번지는 외로움을
  견디는 것보다 더 익숙하기 때문이다.

노력하지 않은 것은 아니었는데, 노력하는 것만으로 되지 않았을
때 나는 더 노력할 준비를 하고 있었다. 그즈음 김연수의 소설에
나오는 여자의 이야기를 읽으며 나는 그날 밤처럼
결심을 했다.
고통으로 무뎌진 내가 다시 고통스러워지기 위해 떠나야겠다고,
여행을 결심했다.
"전 추위가 너무 무서워요. 무서운 정도가 아니라 고통스러워요.
맨 손으로 눈을 뭉치는 것은 제게 큰 결심이 필요하기도 해요."라고
그즈음 인터뷰를 했을 때 말했던 것처럼 나는 내가 가진 두 번째
공포를 맞닥뜨리기로 했다.
서울의 겨울. 여기보다 더 추운 겨울이 있는 곳으로 떠날 것을
결심했다. 러브레터의 설원도, 뮤직비디오의 아름다운 영상도 내게
아름답다고 여겨지지 못한 그곳, 북해도로 가기로 마음먹었다.
여기만 아니라면 그 어디가 안 행복하겠어,라는 마음으로 행복을
찾아 떠나는 여행이 아니라, 지금의 나를 위해 떠날 결심을
한 것이다.

좋아하는 마음으로 힘이 든다면
좋아하는 일로 지치는 것이라면
그것이 얼마나 감사한 일인지,
또한 그리하여 의미 깊은 것인지 깨달으며

겸허히 그 시간들을 받아들일 수 있는
내가 되길 ―
그리고
그런 내가 당신의 손을 잡을 수 있는,
마음을 함께할 수 있는 존재가 되길.

봄도 춥고 여름도 서늘하다는 그 도시에서 되도록 많은 말을 안
하기 위해 노력할 것이고, 춥다 춥다 말하지 말자 다짐했다.
북해도로 떠나고자 결심했던 밤, 그 어느 날의 왼쪽 손등처럼
마음엔 시퍼렇게 멍이 들었다. 외로워서 다행인 시간을 드디어
만나게 될 것이다.

떠나야 할 이유 한 가지 +
떠나지 못한다는 변명
백 가지

북해도 Ⅱ

똑같이 주어진 시간 동안 남들보다 많은 것들을 풀고, 만들고
정답을 맞추는 것이 능력임이 틀림없다.
누군가가 이루어놓은 것들의 시간을 단축시켜 신기록을 수립하기
위해 더 빨리 달려야 하고, 누군가가 들어 올린 무게보다 한
추라도 더 들어 올려야 하며, 누군가가 고달프게 올라간 가장 높은
산을 그보다 더 빠른 시일에 올라야 하며, 누군가가 높이 솟구쳐
넘어버린 장대를 들고 더 높이 솟구치기 위해 발판을 더 세게
밟아야 한다. 누군가들보다 조금이라도 더 잘해서 손해볼 것은
전혀 없으니까. 남들 하는 만큼은 해야 불안하지 않으니까 말이다.

고등학교 시절 '언어 영역' 문제집을 풀고 있을 때였다.
〈청산별곡靑山別曲〉에 대한 문제였고 오지선다형 보기에서 답을

하나 골라야 했는데 아무리 생각해도 그 안에는 내가 생각하는
답이 없었다. 모르는 문제라며 다음 문제로 넘어갈 수도 있었지만,
분명 내가 생각하는 답이 있었으므로 지문을 다시 한 번 읽고,
밑줄을 그으며 읽어보기를 반복해도 보기에서 답을 찾을 수
없었다.

다른 건 몰라도 언어 영역 문제를 풀 때 모르는 문제를 오래오래
생각하며 푸는 것을 좋아했다. 답을 모르겠다는 불안감이나,
촉박함 대신 되레 연필을 손에서 내려놓았고, 한참을 조아리듯
가만히 모으고 있던 고개를 펴고 쉼 호흡하며 문제를 다시 천천히
읽고 생각하기를 여러 번, 그런 모습이 선생님 눈에 띄었고 이내
선생님은 애들은 벌써 절반을 풀었는데 너는 뭐하는 것이냐며
핀잔을 주었다. 나는 "몰라서 생각 중인데요…"라고 말했다. 그러자
선생님은 "모르면 다섯 개 중에 아무거나 대충 찍고 다음 문제를
빨리 풀어야지, 이 녀석아"라며 들고 있던 맨질맨질한 몽둥이로
등짝을 툭 쳤다. 틀린 말은 아니었으나 내겐 맞는 말도 아니었다.
맞은 등짝 때문이었을까? 일순간 방해를 받은 친구들이 보낸
예민한 눈빛 때문이었을까? 모르면 오지선다에서 대충 하나 찍고
넘어가야 하는 신세 때문이었을까. 늘 한두 개 틀리던 언어 영역
시험을 망쳐버렸다.

선의의 경쟁이라는 보기 좋은 의미로움도 있지만 사실 그 의미에

대해 생각할 시간에 단어 하나라도 더 외우고, 공식 하나라도
더 외우는 것, 아니면 문제 하나라도 더 풀라는 어른들의 핀잔이
익숙해질수록 '이건 아닌데' 싶은 것이 있을지라도 '아니면 말지'로
넘겨야 하는 일들이 수두룩해졌다.
정해진 시간 안에, 주어진 것을 잘 해놓아야지만 하고 싶은 것을 할
수 있다고 생각하게 되었다.
팥쥐 엄마가 무도회에 다녀오는 동안 돌아올 때까지 꿰매놓으라는
옷가지들이며, 길어서 채워놓으라는 독에 물을 성실하게 붓다 보면
언젠가 나도 무도회에 갈 수 있겠다고 믿던 순진한 시절이 가끔은
후회스럽다. 무도회는 청춘의 아름다운 그 시절에 갔어야 했었던
것을 그때는 몰랐다.
무도회에 가지 못하는 대신 남의 옷가지들을 꿰매는 방법과, 물은
좀 잘 긷는 어른이 되었으니 나쁘지만은 않다고 변명하는 어른.
무엇이 좋고 맞는지를 잘 알고만 사는 삶을 유지 중인, 몰라서
못하는 것이 아닌, 알아도 어쩔 수 없어 안 하며 사는 어른.
나는 어른이 되었다.

그날 망친 언어 영역 점수에 후회는 없었다.
결국 그 문제에 답을 적지 않았던 나의 선택을 후회하지
않는 것으로, 모르면 대충 아무거나 찍으며 살지 않으리라는
결심을 했으므로, 또한 나는 내가 꽤 괜찮은 어른이 될 거라고

생각했으니까 말이다.

서운함이 많아지고 있다. 불편함이 많아지고 있다. 미안함이
많아지고 있다. 상처가 많아지고 있다. 마음이 많이 아프다. 하지만
이 정도 아프지 않은 삶이 있냐며 이 모든 건 지나갈 것이라고,
그리고 감당할 만큼의 고통이라고 누군가가 위로한다. 겪어보지
않은 이의 위로는 잠시나마 고통을 잊게 하는 '각성'의 효과는
있지만 다시 어느 정도의 시간이 흐르면 혼자 더 아픈 시간을
찾아오게 한다는 두려움을 알게 되었다. 아프지 않은 어른이 되고
싶다고 생각했을 때 '언어 영역'을 풀던 내 모습이 생각났다.
오지선다에 답이 없었을 뿐, 청산별곡을 백 번 읽었던 내가
생각하는 답이 그곳에 없었을 뿐, 나의 답도 틀리지 않았다는 것을
그때 문학 선생님이 말해주지 않으셨던가.
서운함과 불편함이 많아지고, 상처가 많아져 마음이 아픈데도
괜찮다고 안녕하다고 행복하다고 말하고 사는 삶을 유지 중인
어른의 시간을 잠시 멈추고 싶다. 무도회에 가지 못한 지난날의
화병인지, 아니면 참고 사는 미덕이 한계에 이른 것인지 지금 나의
삶을 멈추고 싶다.
내가 왜 아픈지 대충 짐작하고 다가오는 봄을 맞을 자신이 없다.
문득 지금 어디론가 떠나 일상의 중력을 벗어나야겠다는 생각이
든다. 이 모든 것은 떠나고 싶은 하나의 이유에 대한 구구절절한

설명일지도 모른다.

지금의 나는 집 밖을 벗어나는 것으로 많은 사람들에게
미안해지는 사람임을 알기에, 떠나기를 열망하는 마음을 누르며
사는 게 최선이다. 그럼에도 앞으로 더 떠날 수 없을 거라는
생각이 들었고, 그 생각은 이미 미래에 스며들고 있었는지도
모른다. 떠나리라 마음을 먹으니 내가 아픈 이유를 알려주는 삶의
잔망함이여.

미안하면 말이 길어진다.
봄이 오기 전 지금의 나를 가장 닮은 계절이 존재하는,
가까운 도시로 떠나기로 한다.
북해도, 지금 만나러 갑니다.

공허함과 공황감을
벗어나는 공항에서
공항까지

북해도 Ⅲ

'가끔'이라는 말과
'때로는'이란 말 뒤에는
하고 싶으나 그럴 수 없으리라는 체념과
그럴 수 없으리라 인정된
소심하고 나약한 바람의 말이
이어진다.

이를테면
'가끔은 돌아오지 않을 결심으로
떠나고 싶어…'라던지
'때론 그냥 나 하고 싶은 대로만 하고
싶어…'라는
말들이 그렇다.

비행기를 타면 꼭 확인하는 것이 담요다. 언젠가는 담요 하나를
더 부탁해 담요 두 장을 포개 얼굴 위까지 덮어 쓰고 'Please do not
disturb'라는 명찰을 붙여놓은 적이 있다. 비행기가 이륙하는지도
모르고 잠들어 몇 시간 동안 꿈적도 하지 않자, 옆에 앉았던

사람이 스튜어디스를 불러 내가 괜찮은지 확인해보라고 했던 적이
있었다. 그제서야 엉망이 된 몰골로 "무슨 일이에요?"라고 일어난
내 모습에 민망했다.

북해도로 가는 비행기에 탑승할 때는 담요 같은 옷을 입고 있어서
따로 담요가 필요한 상황은 아니었다. 잠깐이라도 눈을 붙이고
모자란 잠을 자고 싶은 마음도 있었지만 처음 가보는 도시로
향하는 하늘 길을 보고 싶다는 생각이 들었다.
사실 늘 이게 문제이다. 나라는 사람의 문제. 잠을 자고 싶었던 그
마음 그대로, 늘 담요를 확인하던 대로, 그대로 담요를 확인하고
잠을 자면 좋으련만. 지나치리만큼 유연하게 원래의 생각들을
손바닥 뒤집듯 바꿔버린다. 그럴싸한 구실을 함께 동반하며.
사람에 대한 이해도 그렇지 않은가. 나를 떠난 이를 도저히 이해
못하겠다고 화를 내다가도, 이해하자 마음먹은 순간부터는 그
순간 불던 바람도, 내리던 비도 다 이해의 이유로 삼아버린다.
이해심과 아량 따위가 퍽 많은 것이 아니라, 진짜 진실을 알게
되는 것이 두려운 비겁함 때문이다. 설마 나를 해치려 했겠어,라는
믿음과 그는 그런 사람이 아닐 것이라는 기대가 해치려 했던 사실
앞에 무너지는 것이 두렵다. 그를 향한 내 마음이 부수어지는 것이
두려워 진실 앞에서 뒤돌아서 이해하는 척 화내지 않을 뿐이다.

진실 다음에 사실이던가? 사실 다음에 진실이던가?

진실이 먼저다. 사실이 일어날 수밖에 없었던 진실.

나를 떠난 것은 사실이지만, 그 사실 이전엔 나를 떠날 수밖에 없었던 그와 나의 관계가 분명 존재할 것이다. 그가 나를 욕한 것은 사실이지만, 그 사실 이전에 나를 욕할 수밖에 없었던 그와 나의 오해가 분명 존재할 것이다.

진실 없이 사실만으로 일어난 일들을 바라보는 것은 지옥이나 다름없다. 나이를 먹으며 만나는 지옥을 이제 '풍경'으로 바라보는 것에 익숙해져야 하지만 아직 나에겐 두려운 일이다.

다정한 이들을 오해 속에 잃은 일, 좋은 한 사람을 잃어 다정한 이들 전부를 잃은 일, 정말 사랑하는 사람에게 아무것도 해주지 못한 일. 내가 할 수 있는 것은 다 했다는 변명으로 스스로 면죄부를 갖으며 악몽에서 벗어나려 했던 일.

내게 얼마나 많은 일이 일어난 것일까? 진실을 벗고 들어난 사실의 민낯들을 마주 볼 용기가 없으므로 여전히 나는 진실과 등진 채 꽤 오랜 시간을 살아오고 있는지도 모른다. 결국 이 모든 것들은 내가 살아온 시간의 질료로 만들어진 것임을 알면서도 갑자기 한기가 차오른다.

북해도로 가는 비행기에서 이 겨울의 '디멘터'가 등장하다니.

소설 〈해리포터〉에 등장하는 '디멘터'는 행복을 빨아 먹는 존재로
등장한다. 디멘터가 등장하기 전에는 온 사방이 한겨울처럼
차가워져 주위가 얼어버리게 되는데, 영화를 보고 난 뒤
불행하거나 마음이 좋지 않을 때마다 몸이 차가워지는 증상을
느낀 나는 '디멘터'라는 존재를 믿게 돼버렸다.

익스펙토 페트로눔 Expecto Patronum

'디멘터'를 물리치는 주문. 가장 행복한 추억을 떠올리거나
사랑하는 이들의 존재를 떠올리며 외쳐야 하는 이 주문을 정확히
읊조리는 걸 보면 말이다. 주문 대신 스튜어디스를 불렀다.
"담요가 있을까요?"
착륙까지 1시간 정도가 남았다. 보풀이 일긴 했지만 꽤 포근한
담요를 머리끝까지 덮고 잠을 청한다.
곧, 나는 내 인생의 가장 추운 날씨가 기다리고 있을 북해도에
도착할 것이다.

행복하지 않은
이 순간마저도
나는 잘 지내고 싶다

북해도 Ⅳ

누군가 알려주었으면 좋겠어요.
더 이상 진심을 주고
상처받지 않는 방법이요.
나를 속이고 있는 그 눈빛이
가짜라는 것을요.

"누구보다, 누구만큼 행복해야 한다는 강박에 갇히지 않는 것."
"미래를 위해 오늘을 견디는 것이 아닌, 즐기며 사는 것."
스스로 이렇게 말하면서도, 누군가들이 나에게 행복에 대해서
묻는 것에 지쳐가고, 답을 빤히 안다는 듯 "행복하시지요?"라는
불편한 인사는 마음에 담기지 않고, 그저 부딪치며 멍이 되곤 했다.
불행을 호소하는 벗에게는 너의 상처가 오래 가지 않을 것이라
안심시켜 주었으며, 지금의 상처가 훗날 부싯돌이 되어 힘든 순간이
찾아오면 불빛이 되어줄 거라 말했다. 그러나 나는 정작 아무렇게나
너부러져 호흡조차 불안정한 나날들을 보내고 있었다. '행복한
사람', '건강한 사람'을 흉내 내며 사는 이 삶은 도대체 어디서부터

잘못된 걸까?

인생을 살면서 남의 말을 잘 들어주는 것 이상으로 우리 삶에
도움이 되는 일은 그다지 흔치 않다는 말은 사실일까?

행복하지 않은 채, 행복하지 않은 것이 불행이라고 생각한 것이
가장 불행한 일이었는지도 모른다. 유년부터 서른이 될 때까지 늘
편지의 말미이건, 어떤 인사의 끝에는 '행복하세요. 건강하세요.'로
인사를 전하곤 했다. 삶에 있어 가장 중요하다고 교육받고 자란
'행복하게 잘 살았습니다, 끝!'이라는 해피엔딩은 중요한 결말이자
우리 모두가 이루어야 할 종결이었다. 언제나 밝게 웃으며 즐겁게
살아가야 함은 행복이라는 교육이 준 임무였으니, 슬프거나
우울하면 공격받기 일쑤였다.
이러 하니 행복하지 않았고, 되레 불행에 가깝게 살고 있었다는
것을 이제서라도 안 것을 다행으로 여기면 된다. 행복하지
않음으로 얻는 우울과 슬픔, 고통을 오히려 삶이 준 선물이라고
여기는 여유가 필요하다. 예측되는 고통을 미리 끌어와서 스스로
숨 쉬지 못하기 전에 갖는 여유 말이다.

완전한 행복도 없다. 그리고 완전한 불행도 없다. 내가 왼쪽의
행복을 보느냐, 오른쪽의 불행을 보느냐, 방향과 시선의 문제이다.
불행 앞에서도 행복 앞에서도 같은 크기의 담대함과 여유를 가질

수 있는 마음 말이다.

누군가에게 행복하지 않아도 된다고, 행복하기 위해 지금이
불행하면 안 된다고 말할 수 있게 된 건 내가 행복하지 않다는
걸 인정하면서부터다. 타인들이 정한 규격에 맞는 행복 속에서,
행복하다고 믿고 사느라 불행했노라 인정하며, 행복하지 않은
순간도 결국 나의 소중한 시간임을 알게 된 후부터다.

행복하지 않은 이 순간마저도 나는 잘 지내고 싶다. 그래서
행복하지 않을 순간의 여백이 되어줄, 북해도에 찾아왔다.
앞으로 나에게 잘 지내냐고 물어줄 계절의 말을 들을 수 있게 된
것으로 행복하지 않은 순간에도 잘 지낼 수 있을 것 같다.

다시 그 겨울에 간다면,
내가 당신의 계절이 되어 안녕을 전하기를.

안다고 생각하며
모르는 시간을 걷는다

북해도 V

다행인 건 낯선 것이 익숙하다는 것이다.

처음 가보는 곳도 잠시 멈춰서거나, 한 템포만 늦추면 된다. 내가 갈 그곳이 움직이지 않는 이상 내가 잘 찾아가면 된다.

다른 이야기지만 글을 쓰면서 내 안에 있는 아주 작은 기억 조각 하나도 모든 상황과 무관하지 않게 연결되어 있다는 것에 새삼 놀라곤 한다. 누군가는 보이지 않거나 존재하지 않는 것, 경험하지 않은 것을 상상력이라는 훌륭한 재능으로 꺼내놓는다지만 나의 경우는 지금 이 순간 존재하는 것들을 이야기하거나 생각할라 치면, 시기조차 모호한 유년의 비슷한 기억이 상상력보다 앞서 펼쳐진다.

지금도 역시 나는 치토세 공항에 도착해 잠시 길을 잃은 이야기를 하려다가, 어릴 적 길을 잃었던 순간이 떠올랐다.

인천 송림동이었고 골목 깊은 곳에 있는 외삼촌 집에서 문밖으로
나왔다가 어쩌다 큰 대로변에까지 들어섰다. 다시 외삼촌 집을
찾아가려다 결국 길을 잃어 엉엉 울었다. 눈물 콧물이 황사바람과
머리카락에 뒤범벅되어 느껴지는 얼굴의 끈적끈적한 촉감과
기분까지 기억난다. 집을 찾아주겠다는 사람들이 모여들었고
어느새 사람들은 여러 질문을 던졌는데 문득 그 웅성거림 속에서
또렷한 엄마 목소리가 들려왔다. 거기까지가 한 소절의 기억이고
두 번째 소절의 기억은 무언가 범벅이 된 얼굴을 엄마가 따뜻한
물수건으로 깨끗이 닦아주고, 엉망이 된 머리를 다시 곱게
빗어주며 한 말이다.
"길을 잃었을 때는 딱 멈춰서서 이름을 기억해. 김효정 김효정
김효정… 그렇지만 아무도 따라가면 안 돼. 계속 이름이랑
전화번호를 생각해. 그리고 계속 거기 서 있어도 엄마가 오지
않으면 크게 소리쳐. 엄마를 잃어버렸어요. 112에 신고해주세요,라고
그 자리에서 크게 소리를 질러."

치토세 공항에 내려 결국 길을 잃었다. 그리고도 눈 쌓인 공항
활주로의 풍경에 마음을 뺏겨 한참을 우두커니 바라보기까지
했다. 처음 왔지만 그래서 온통 모르는 공간과 길들이지만 그것이
당연하다고 생각하며 다시 길을 찾기 시작했다.
첫머리에도 썼지만 낯선 것이 익숙한 나는 금세 타고 가야 할

지하철 역 방향까지 파악했다.

안 가도 갈 길들을 여러 번 오갔다. 괜찮다 하더라도 초행길에
긴장을 안 할 수는 없었는지 잠시 여기가 가장 추운 계절이라는
것을 망각했다. 갈 길을 제대로 찾고, 그 길로 들어설 준비를 하자
부는 바람에서 예사롭지 않은 온도가 느껴졌다.

지하철을 기다린다.

웅성이는 사람들 속에서 아직도 서서 잠들어 있는 트렁크 속의
사물들과 함께 다음 여정을 기다린다.

스치듯 안녕한 풍경이
마음에 길을 내었다

북해도 VI

출장 때마다
빌린 카메라를 들고 다니며 생긴
'카메라'를 귀중히 다뤄야 한다는
강박관념.
그런 의무감을 주는 '빌린 카메라'로
카메라들을 찍으며
나도 '내 카메라가 있었으면 좋겠다…'
라고 생각했다.

내 카메라가 아닌 카메라로 찍었지만
그래도 '사진'은,
'추억'은 완연한 내 것이 되니
카메라를 갖고 싶다는 생각은 보류.
내 것이 아닌 것이 거의 전부인
세상 속에서
결국 내 것이 되는 건
'보류'된 순간이라는 것을.

첫 역에서 기차를 탔으니 당연히 앉아 갈 수 있을 거라 생각했지만
결론부터 말하자면 내내 서서 가게 되었다. 큰 트렁크는 '민폐의

크기'라는 것을 북해도 여행을 통해 알게 되었다. 창밖 풍경에
넋이 나가 방심한 채 서 있다가 간격을 두고 서 있는 옆 사람에게
굴러가는 트렁크를 단속하려니 밖으로 지나치는 풍경이 아쉽기만
했다. 나중에서야 만원 기차(?)가 되어 트렁크가 굴러갈 틈이
없어진 후에야 창밖에 펼쳐진 겨울 풍경이 흐뭇하게 마음에
들어왔다.

기차 안에는 여행자들이 그리 많지 않았다. 오히려 그곳
현지인들이 많아서였는지 그들은 창밖 풍경엔 전혀 관심이 없었다.
책을 읽거나, 핸드폰을 만지고 있거나, 무심히 꾸벅꾸벅 졸고
있었다. 반면 천지사방이 눈으로 뒤덮인 겨울풍경을 버스도 아닌
기차를 타고 태어나 처음 보는 나는 눈을 떼지 못한 채 창밖만
응시하고 있었다. 어른 키가 넘게 쌓인 눈으로 뒤덮인 산과 들과
마을들이 비현실적이었다.

비현실적인 풍경에 넋 나간 사람처럼 있던 그 순간, 어디선가
카메라 셔터 소리가 들려왔다. 고개를 돌려보니 외국인이 창가를
향해 진지한 표정으로 사진을 찍고 있었다. 그러고 보니 나는
사진 찍을 생각을 못하고 있었다. 그때서야 처음 보는 북해도의 눈
풍경을 담아야겠다며 카메라를 꺼냈다.
카메라를 꺼냈으나, 잠시 카메라가 익숙하지 않아 설정에

버벅거리고, 초점을 못 맞췄다. 그 순간이 아니면 영원히 없을
순간들을 놓치고 놓치기를 몇 번 하고 나서야 카메라가 내 마음을
옮겨 담아주기 시작했다.

사진을 찍는 모든 순간이 그렇지만, 움직이고 이동하는 차 안에서
찍는 사진은 오직 그 한 번의 찰나이다. 하여 찍는 순간이 전부여서
담긴 사진보다, 찍는 순간의 마음이 더 선명하게 기억되곤 한다.
찍고 난 후 사진으로 의미 있는 사진이 있는가 하면, 찍는 순간이
의미로 남는 사진이 있다. 북해도로 가는 기차에서 찍은 '스치듯
안녕'한 풍경들이 바로 후자의 경우였다.
'뭘 저리 찍는 걸까?'라고 생각했는지 사람들이 카메라 셔터 소리가
날 때마다 소심하게 고개를 돌려 내가 찍는 창밖을 바라보곤 했다.
그들은 매일 보는 이 지긋지긋한 풍경이, 눈 씻고 봐도 눈만 있는
이 풍경이 저 여자에게는 뭐가 그리 신기할까,라고 생각했을지도
모르겠다.

창밖은 치토세 공항에서부터 누군가가 두루마리 휴지를 굴려놓은
듯 하얀 길이 계속 이어졌고, 어느덧 그들도 사진을 찍는 나를
그러려니 하며 개의치 않아 했을 때 나는 조금 더 카메라를 오래
들고 있을 수 있었다.

왜 좋음에
완전히 몰입되지 못하는가

북해도 VII

여행은 면세된 제품을 사고,
남들 다 가보는 그곳을 기념하며
역시 남는 게 사진이라 말하는
기억이 아니다.
이제껏 한 번도 보지 못한
풍경을 만나거나
평생 만나지 못할지도 모를
그 찰나를 겸허히 만나
나도 모르는 새 마음으로
정신으로 스며든 풍경 속에서
시나브로 일상에서, 인생에서,
내게 작용하는
나를 구원하는 힘을
만나는 일일지도 모르겠다.

트렁크를 계단식 기차에서 꿍꿍거리며 내려놓고서, 그때서야
내가 타고 온 기차의 모습을 찬찬히 살펴보았다. 바쁘게 이동하는
사람들과 역 주변을 본다. 아마 유럽의 기차역이라면 이렇게 많은
사람들 속에서 넋 놓고 서 있을 수 없었을지도 모른다. 아무리 낯선
게 익숙하다 할지라도, 어느 정도의 긴장감이 없을 수는 없음에도

그 긴장감마저 들지 않아 오히려 스스로 당황하고 있는 중이었다.
불어오는 춥고 시린 바람조차 기차에서 줄곧 서서 오며 흘린
식은땀을 식혀주니 상쾌함마저 들었고, 오가는 이들의 생김새가
나와 다르지 않으니 묘한 안도감도 들었다.
누가 나를 해하지 않을 것이며, 누구도 나의 물건을 등쳐 업어가지
않을 거라는 일차원적 안도감은 꽤 중요한 것이 아니던가. 바로
방심이 생겨 문제지만.

이제껏 혼자 외국을 다니면서 무언가를 잃어버리거나, 빼앗겨본
적은 없다. 오히려 혼자가 아닌 여럿이 모여 다니다가 가방 안에
있는 지갑을 소매치기당한 적은 있었다. 태어나 지금까지 처음이자
마지막인(그러길 바라는) 그 순간은 아직도 뇌리에 남아 있다.
물론 훔쳐간 사람들의 얼굴을 기억하는 것은 아니다. 내 지갑이
어떤 순간에 이렇게 사라졌을 것이라는 것을 직감적으로 느낀
순간을 기억한다는 것이다. 번개 같은 순간이었지만 슬로모션으로
떠올려지는 그 장면은 한밤에 떠올리면 공포스럽기까지 하다.
갑자기 많은 사람들이 우루루 밀려들며 억지로 부딪치며 밀리듯
밀착되던 순간. 그 무리는 내 가방을 멀리서 주시했을 것이고,
미리 계획된 작당으로 나를 에워싸고, 예리한 칼로 가방을 그어
지갑을 빼냈을 것이다.
파리 벼룩시장에서 사서 아꼈던 가방이 그리 된 것을 본 후

헛웃음과 후폭풍으로 머리가 아팠던 그 밤이 기억난다. 잃어버린
것은 비단 돈과 카드뿐만이 아니었다. 몇 달 동안 썼던 원고가 담긴
USB와 모레 출국할 때 필요한 여권도 있었다.
그 나라의 특징상 여권 분실 시 장기 체류의 가능성이 높았다.
책 작업을 위해 비밀스럽게 쓰던 글들은 어디 오물 가득한
쓰레기통에 처박혔을 것이고 이제 내가 그런 신세가 될 거란
생각에 마음이 칼로 그어진 듯했다.

이상하리만치 낯설지도 않고, 평온함이 느껴지던 삿포로역에서
가장 평화롭지 못하고, 지금도 가끔 공포로 기억되는 그 여행의
감정을 떠올리는 나 자신을 보며… 왜 좋은 순간에, 왜 평화로운
순간에, 그 평화로움과 좋음에 온전하게 몰입하지 못하는가, 하며
이내 쉼 호흡을 한다.
그 많던 사람들의 웅성임이 작아지고 있을 때,
치토세 공항에서처럼 또 길을 잃을지도 모른다는 생각에
희미하게 남은 사람들의 무리를 따라 개찰구로 이동한다.
처음 만난 이의 호감 가는 얼굴과 웃음을 느끼면 자꾸 바라보게
되듯, 계단 계단을 오르며 기차가 서 있는 삿포로 역을 바라본다.
떠날 때 다시 만나겠지만, 떠나서 다시 돌아와 만날 인연의 얼굴이
보인다.

호텔과
여자

북해도 Ⅷ

극복되지 않은 상처를 숨기지 않는 것.
내 인생 시간을 마치,
타인의 시간처럼 멀리서 바라보는
'풍경의 시점'을 가질 수 있는 곳으로
여행을 하는 것.
누구보다, 누구만큼
행복해야 한다는 강박에
갇히지 않는 것.

갖고 싶은 물건은 누구에게나 있지 않을까? 어린 아이들은 어린
아이들대로, 어른은 어른대로 포기되지 않고 어떻게든 갖고
싶어지는 그런 물건. 당장은 내 것이 아닌 물건을 갖기 위해
본능적으로 지능적으로 어떻게든 애쓰게 하는 그런 물건의 힘은
실로 대단한 것이다. 장난감이 갖고 싶은 아이는 그것을 얻을
때까지 바닥에 엎드려 떼를 쓰기도 하고, 쇼윈도에 걸린 옷이
마음에서 떠나지 않는 여자는 매장으로 들어가 가격표를 보는
순간부터 머리를 굴린다. 한정 수량으로 나왔다는 백을 살 형편은
안되지만 눈에 각인된 순간부터 그 백은 결국 어떻게든 이미

본인의 것이다.

누구나 갖고 싶어 하는 것을 갖고 싶어 하는 것은 인정받는 '소비'의
범주에 들어가지만, '돈 주고 그런 것을 사?'라는 반문을 듣는
인정받지 못하는 '소비'를 하는 이들도 있다. 이를테면 내가 어느
한때 '호텔'에서 하루를 보내기 위해 돈을 모으는 것이 그랬다.
호텔에서 혼자 하루를 보내는 것은 나에게는 꽤 중요한 소비였지만,
다들 왜 그래야 하는지 이해를 해주긴커녕 오해를 사기 일쑤였다.
아주 부적당한 사치라고.
돈을 주고 시간과 공간을 사는 것은 한때 나의 절실함이었고,
필요함이었노라고 이제야 그때 하지 못한 변명을 해본다.

28살부터 30살, 두 딸의 엄마가 되었을 무렵 나는 8시 30분에
업무를 시작하여 7시까지 회사 일을 하던, 회사원이었다. 밤에
아이들을 재우고 새벽에 아이가 찡얼거리면 달려가 젖을 물리기를
몇 년째 계속했다. 지금도 그렇지만 그 당시에도 늘 수면이 부족한
상태였고, 눈 흰자는 붉게 충혈돼 있었다. 눈이 맑은 여자가
매력적이라는 소리에 그 눈 맑은 여자들은 모유 수유를 하며
회사를 다니는 여자는 분명히 아닐 거라고 비아냥거리곤 했었다.
독서든, 영화 감상이든, 글쓰기든…. 그 상황에서 내가 줄일 수
있는 것은 '잠'밖에 없었고 수면 부족은 일상의 자잘한 실수를
유발시키곤 했다. 둘째의 모유 수유를 끝내고 아이들이 새벽에

잠을 자게 될 즈음, 남편이 나에게 호텔을 예약해주며 혼자 가서 푹 자고 돌아오라고 했다.

처음엔 말도 안 된다고 했지만, 회사에 반차를 쓰고 휴가 하루를 붙여 그렇게 1박 2일을 한 달에 한 번 쉬라는 남편의 권유이자 선물을 받아들이고 언제가부터는 남편이 챙겨주지 않아도, 자발적으로 예약을 하고 그날을 손꼽아 기다렸다. 호텔은 늘 회사 앞에, 횡단보도 하나만 건너면 있던 그 호텔이었다.

호텔.

투숙할 룸의 키를 받고 엘리베이터를 타고 올라가는 동안의 긴장감은 잠시.

깨끗한 욕조와, 구김 하나 없는 침대 시트가 놓인 그 공간 앞에서 무장 해제되어 그제서야 조인 벨트를 푸르고, 밀착된 스타킹을 벗어내리고, 갑갑하게 두르고 있던 브래지어를 풀어버린다. 손을 씻고 뜨거운 물이 나오는 샤워기로 욕조를 훑고 난 후 따뜻한 물을 받아놓으며, 물이 채워지기 전까지 침대에 누워 오후의 편안함을 만끽한다.

집에도 물론 욕조와 침대가 있었지만, 이제껏 그곳을 누려본 적은 단 한 번도 없다. 여름이 되어도 짧은 핫팬츠나 소매 없는 옷을 입는 것도 무리다. 어른들과 같이 살다 보니 어쩔 수 없다. 가족 모두는

불편하지만, 서로를 위해 하지 말아야 할 최소한의 것을 노력하며
살고 있다.

결혼하기 전까지 단독주택에서 '욕조' 없는 삶을 산 나에게 '욕조'는
사실 큰 로망의 한 가지였다. 처음 욕조가 있는 집에 살게 된 28살.
어른들 방 앞에 있는 욕실은 내 것이 아닌 공간이었다.
더운 물에 몸을 담그면 다른 생각을 할 틈도 없이 노곤해진다.
노곤함 뒤에 쏟아지는 잠. 그리고 쏟아지는 잠을 참지 않은 채,
바로 잠을 자도 된다는 것은 당시 내게 최고의 행복이었다.
그렇게 저녁을 거른 채 내리 다음날 새벽까지 잠든 적도 있었다.
피곤하고 지친 몸을 헹구는 잠의 시간. 호텔이라는 어찌 보면 다소
일상 어휘(?)에 쓰임 없는 공간은 이렇듯 나를 하루 동안 감추고
보호해주는 곳이었다.
한 달에 한 번 호텔을 소비하던 일 년여의 시간.
생각해보면 호텔이라는 공간은 '쉼 있는 여행'이었던 것이다.

특히 해외로 혼자 가는 출장은 낯선 곳에서의 안전과 교통 등의
이유로 호텔을 선정할 때 꽤 고심하게 된다. 오히려 어느 나라로
떠날지 고심하는 결정보다, 그 나라에서 머물며 지낼 호텔을
결정할 때 더 신중해진다. 도착한 여행지에서 공항의 첫인상만큼
중요한 것은, 도착한 숙소 방문을 열고 만나는 공간이다.
어느 한때 '피곤하고 지친 몸을 헹구는 잠의 시간'으로 호텔을 부러

구입하던 이해받지 못할 소비(?)를 하던 나에게 여행으로 온 낯선 나라에서의 호텔 공간도 의미는 다르지 않다. '피곤하고 지친 몸을 헹구는 잠의 시간.'

Gracery Hotel Sapporo.

긴 복도의 끝에 있어 룸 위치가 별로다, 싶었던 마음이 문을 열자 보이는 구김 하나 없이 정갈하게 정돈된 침대와 그 곁에 있는 큰 창문을 보자 사라져버렸다. 그리고 좁지만 제 위치를 잘 잡고 있는 욕조 또한 반갑다. 추운 바람과, 쌓인 눈 풍경을 지나는 동안 트렁크를 끌어 얼음이 박힌 손을 따뜻한 물로 씻으며 이제 정말 삿포로에 왔음을 실감한다. 가볍게 호텔 주변을 산책하고, 저녁을 먹어야겠다는 생각을 하는 나 자신이 갑자기 너무 행복해 보인다. 행복하지 않음으로 마음이 힘들던 나의 모습이 아닌, 그 언젠가의 나처럼 행복해 보인다.

꽤 괜찮은 시간이 될 징조였다.

해보면 결국 아무것도 아닌 일들이 훨씬 많다

북해도 IX

나만 그런 것 아니다 생각하며
닮고 비슷하게 살아가는구나 하며
주었던 상처에 미안해하며
받았던 상처에 아파하며
스스로 위로하고 치유하며
하루를 살아간다.

몸이 낯선 곳에 오면 스스로 자가 조절 능력을 갖게 되는 것일까? 언젠가부터 집을 떠나 다른 곳에 장기간 머물게 되면 그곳에선 배도 덜 고프고, 화장실도 덜 가고 싶으며, 긴가민가한 예감도 거의 잘 들어맞게 되었다. 상황이 경우를 만들고, 경우에 대한 처신은 늘 정확하다. 그래서인지 별 탈 없는 시간만이 이어지고 있는지도 모른다. 혼자여서 외로울 거 같으나 외로움과 친구가 되어, 오히려 외로움이 익숙하고, 혼자여서 못할 거 같으나 혼자여서 할 수 있는 일들이 생기다 보니 이제는 혼자가 아닌 둘 셋이 움직여야 하는 여행이 더 어려운 일이 된 듯하다.

처음 혼자 다닐 때와 조금 달라진 것이 있다면 바로 무언가를 먹는
일이다. 다른 것은 하나도 어색하지 않았으나, 혼자 식당에 들어가
번듯한 식사를 하는 게 싫어서 식당에 들어갔어도 책을 읽거나,
무언가를 쓰거나, 핸드폰으로 무언가를 하면서 밥을 먹곤 했었다.
혼자 앉아서 멀뚱멀뚱 식사를 기다리는 것이 가장 어색했다.
하지만 몇 번의 경험 덕분일까? 혼자가 뭐…라는 마음이 어느
순간부터 생기기 시작했다. 혼자 커피를 마시고, 전철을 타고,
영화를 보는 것과 다르지 않다,라는 생각을 한 것이다.
삿포로에 도착한 첫날의 메뉴를 '라멘'으로 결정하고 식당을
찾아갔다. 나 말고 대부분 친구와 연인, 혹은 가족끼리 와서
식사를 하는 시간에 혼자 4인용 테이블에 앉아 주문을 하고
라멘을 기다렸다. 예전 같으면 분명 무언가를 하며 그 어색한
시간을 모면하려 했겠으나, 식사 시간을 자연스럽게 누리고 싶다는
생각에 아무것도 하지 않은 채 앞에 놓인 물만 마시며 기다리고
있었다. 그릇에 가득 채워진 라멘이 나오고 아무렇지 않게 사진을
찍고 젓가락으로 면을 집어 후루룩후루룩 먹고 국물까지 마시며
시원하다는 소리까지 냈다. 여행의 또 다른 행복은 기대 이상의
맛있는 음식이 아니던가. 거기다가 따뜻한 국물이 목에 넘어가니
괜스레 행복한 기분까지 들었다. 이런 내 모습을 한 번도 상상해본
적이 없었다.
밥과 라면의 차이는 분명 존재한다. 그것도 혼자 먹는 것이라면

말이다. 타인의 시선으로 제약되고, 축소되고, 생략되는 인생을
살지 말자라는 담박함이 이렇게 라면 한 그릇에서 나온다.
혼자 식당에 들어와 라멘 한 그릇 먹는 것 외에 아무것도 하지 않은
그 오롯한 식사 시간 이후 포만감과 다른 여유가 생겼다.
해보면 결국 아무것도 아닌 일들이 훨씬 많다. 그런 아무것도 아닌
일을 알아가는 것이 혼자만의 여행이 주는 삶의 힌트가 된다.

열심히, 모든 풍경에
닿으려 하지 않을 것이다

북해도 X

열심히 살고 있다는 핑계로
누군가의 여유로운 삶을
흉내 내며 사는
쓸쓸하고 추운 일상의 시간.

서울 겨울의 어느 날이었다. 큰딸 민이가 내리는 눈 속에서 놀다가 나와 동생을 바라보며 이렇게 말했다.

"비랑 눈은 열심히 내리지 않아도 돼서 좋겠다! 그치?"

그런 언니의 말이 들리기나 하는지 둘째는 손 닿지 않는 곳의 고드름을 따주니 유니콘이라며 이마에 붙이고는 열심히 눈 속을 뛰어다니다가, 눈 내리는 하늘을 향해 고개를 젖힌 채 멈추어 입 벌려 눈 맛을 보았다. 눈에 눈이 들어가니 눈물이라며 깔깔 웃는다. 열심히 내리지 않아서 좋겠다는 말은 어떤 생각에서 왔을까?

잠들기 전 오늘 우리가 행복했었던 일을 이야기하는 그 시간, 낮의 시간이 피곤했는지 어느새 잠든 막내와 잠이 막 오는 거 같은 민이를 토닥이며 물었다. "아까, 민이가 비랑 눈은 열심히 내리지

않아서 좋겠다,라고 했잖아. 그게 무슨 말인지 엄마가 백 번을 넘게
생각해도 모르겠다. 알려줄래?"

이불 속에 누워 있던 민이가 일어나 내 앞에 바짝 앉더니 잠이
살짝 베인 따뜻한 목소리로 대답했다.

"아 있잖아 엄마, '열심히'라는 말은 선생님이랑 어른들이 우리한테
무얼 시킬 때 꼭 하는 말이거든. 열심히 공부하고, 열심히 책 읽고,
열심히 청소하라고… 근데 엄마 나는 즐겁게 책을 읽다가 자꾸
선생님이 열심히 책을 읽으라고 말씀하면 갑자기 안 즐거워져서 책
읽기가 싫어져. 근데 오늘 눈 내리는 걸 봤는데 하루 종일 즐겁게
내리는 거 같았어. 내가 책 읽을 때 엄마가 불러도 못 듣고 읽을
때처럼 눈이 계속 내리기만 하는 거야! 아주 신이 나서 내리는 거
같은 거야. 그래서 그게 열심히 내리는 게 아닌 것 같았어. 이제
알겠어?"라며 민이는 눈망울을 반짝였다.

열심히 살아서 행복하지 않은, 외롭지 않아서 외로운 나에게 이제
10살인 민이의 이야기는 울컥한 이야기였다. 즐겁게 책을 읽는 것은
'열심히' 읽는 것과 다른 것이어서 '즐거움'이라는 것을 그때 알았다.

아침에 눈을 떠서 몸을 창문 쪽으로 튼다. 커튼을 제쳐둔 창밖으로
눈길이 간다. 함박눈이 내리는 짙은 회색 풍경을 바라보며 그날의
대화를 되새겼다. 나는 오늘 열심히 여행하지 말아야지,라고
생각했다.

어제 잠들기 전 오늘 입으려고 꺼내놓았던 옷을 넣고, 트렁크에서 조금 더 두꺼운 옷을 다시 꺼내며 아침을 시작한다.

열심히 모든 풍경에 닿으려 하지 않을 것이다. 스쳐지나가는 풍경은 그 풍경 그대로 마음에 둘 것이다.

키를 넘는
눈사람

북해도 XI

He loves her.
She is loved by him.

능동태가 아닌, 수동태의 삶을 살고 있을 때가 있다. 숨 쉬는
사람이 나 자신이므로 숨 쉬는 나 자신의 삶이건만, 숨을 멎게 하고
쉬게 하는 상황을 만드는 이는 따로 있으니 '사는 게 사는 게 아닌'
인생을 살고 있을 때가 많다는 것이다.
사는 시간의 감정을 계절로 이야기한다면 나는 몇 년째 폭설로
일상이 마비된 곳에서 '봄'을 기다리며 살고 있는지도 모르겠다.
내리는 눈만 하염없이 바라보며 그저 눈이 그치기를 기다리며,
어떻게 하면 눈이 멎을까,라는 생각조차 없는 시간을 보내며.
자발적인 고립을 선택했다. 이미 벗어나려고 해도 늦었다고
단정하며 영혼 속, 하염없이 내리는 눈의 계절을 보내고 있던 내가
지금 북해도에 와 있다.
길을 걷는 동안 내내 거친 바람이 쌓인 눈을 날리며 눈보라를

일으켰다. 추운 도시가 텃새를 부리는 듯했다. 호텔과 멀어질수록
호텔 방에 두고 온 머플러가 아쉽다는 생각이 들었다. 그즈음,
조금씩 어두워지는 거리, 빛을 잃어가는 도시를 휘감는 바람과
흩날리는 온기 없는 눈보라들. 그 도시의 시간을 뒤로 한 채 집으로
돌아가는 사람들의 발걸음을 보며 문득 외로워졌다.

마음이 힘들거나 외로울 때 나를 기다리는 누군가와 갈 곳이
있다는 것은 크나 큰 위안이고 위로이다. 누군가와 연결되어 있지
않다는 외로움과 소외감은 삶의 모든 온기를 앗아가 결국 세상
밖으로의 고립을 성사시킨다.

출장이든 여행이든 집을 떠나 가장 쓸쓸할 때는 떠나온 날로부터
중반쯤 되었을 무렵, 밤늦게 숙소로 가는 길에 집으로 돌아가는
듯한 사람들의 무리를 볼 때다. 각자 가족이 기다리는 집으로
돌아가는 사람들의 일상이 눈물겹게 부러워 한참을 멍하게 그들을
바라보곤 했었다.

여행은 이제 막 시작되었는데, 벌써 이런 기분이 든다는 건 이곳의
계절 탓일 것이다. 춥고 시린 바람 속에 혼자 있는 이 상황 때문일
것이다. 해가 유독 짧은 이 계절 때문일 것이다. 난 한 번도 이리
추운 곳에 혼자 있어본 적이 없기 때문일 것이다.

버스를 타려는 사람들이 긴 줄을 서 있는 정류장을 지나고,
자전거를 타고 어디론가 향하는 사람들에게 길을 양보하며 호텔로
들어가는 길, 마치 쇼윈도의 마네킹처럼 세워져 있는 눈사람을

보게 되었다. 이제껏 시내 가득 마치 쓰레기 치우듯 놓이고 모아
있던 눈무더기들만 보다가 이렇게 사람 모양으로 있는 눈을 만나니
마치 아는 친구를 만난 듯 반가웠다. 나보다 키가 큰 눈사람이라니.
팔 벌려 나를 안아줄 것만 같은 눈사람을 나는 아무생각 없이
안아보았다.

그날엔, 내가 가진 온기가 하도 미약하여 그만큼의 포옹으론 그를
해치지 않을 거란 생각에 꽤 깊이 그를 안았다. 그런 나를 지나가던
사람들이 어떻게 보거나 말거나, 눈사람이 나를 안아준다면
이렇게 안아주지 않았을까,라는 심정으로 꽤 오래 꼭 끌어안았다.

한때 숨 쉬어도 사는 게 사는 게 아닌 거 같은 마음으로 내내
힘들었을 때, 그런 나를 보며 누군가는 치료를 권했었다. 치료라는
말에선 알코올 솜 냄새와 함께, 목에 걸려 고생했던 알약의
곤혹감이 묻어 있었다. 치료받는 순간부터 더 아파졌던 기억에
거부감이 느껴졌다. 마음의 문제였으므로 내 안에서 자발적으로
치료가 아닌 '치유'를 할 수 있으리라고 생각한 건 그나마 내가
가진 나 자신에 대한 유일한 희망이었다. 나는 치료보다는 치유가
필요하다고, 그러기 위해 남들이 유행처럼 쏘아대는 힐링의 총알을
빗겨서 나 스스로의 영감과 타이밍을 기다리고 있노라고 말했었다.
나를 치유하는 것이 무언인지 모른 채, 마냥 내리는 눈 속에서
수동태 문장으로 일상을 지내면 안 될 거 같아,

'떠나보면 알겠지'라는 겨우 그 생각 하나로 찾아온 이곳에서
첫 번째 치유를 만났다.
내 키를 넘는 눈사람. 그 눈사람을 내가 먼저 안아주었다.

She is loved by him.

He loves her.

계절이라는 유한한 시간 동안 그 안에서 빛나는 존재들이 있다.
유한의 존재들을 무한의 시간으로 간직하는 마음을 잊었던 내게,
그날 만난 눈사람이 전해준 치유에 울컥해 눈물이 났다.
몸의 병으로 슬프고 아파서 흘리는 눈물은 차가우나,
모든 감정이 휘몰아쳐 마음에 흘러내리는 눈물은 뜨겁다는 것을.
모든 것이 괜찮은 밤은 오늘의 마침표가 되어주었다.

조금 소리 높여
음악을 듣는 밤

북해도 XII

중요한 건 호텔 그 공간 —
단 하루라도 내가 머무는 곳이므로,
아니 나와 함께 더불어 사는 곳이라는 생각,
즉 함께 산다는 느낌을 갖고 싶어서.
컵에 생수를 부어 꽃이나 풀을 꽂아두던지
화분을 사와서 테이블 위에 올려두던지
무언가 같이 호흡하는 느낌의 것을 만들어두는 것.
이것을 시작으로 낯설음과 익숙함을 섞어놓는다.

그리고 트렁크를 뒤져서
이것저것 정리를 하고, 빠진 것이 없나 점검도 하고
내일 입을 것도 생각하여 미리 꺼내놓는다.

오늘 한 일과 내일 해야 할 일들을 체크하고
그러다 시원한 맥주가 생각날 것이 뻔하므로,
(내가 사랑하는 맥주는 제대로 시-원한 맥주이므로)
이 순간을 대비해 냉동 칸에 이미 넣어둔 시원한 맥주를 꺼내어
한입 물고선 가글가글 입안을 헹구는 소리를 내거나
귀로는 음악을 들으며, 허밍도 한다.
이것저것을 천천히 느리게 꼼꼼히 해놓는다.

최종적으로 다이어리에 하루를 짧게 적고
호텔 치약이 아닌 집에서 가져온 치약을 칫솔에 묻혀 양치질을
하고 알람을 설정한 후 잠을 자려 침대에 누웠다가
두어 시간 후면 아침 6시네, 하며
차라리 안 자는 것이 못 일어나는 것보다 나을지도,라며
마음을 뒤척인다.

아침부터 오후 동안 틈틈이 축적된 커피 카페인이
활발히 작용하게 이끌어주는 새벽 시간의 묘한 매력이란
녀석이 찾아온다.
여행 중엔 더욱 그러하니, 이리 잠에 들기도,
자지 않기도 애매하다.
조금이라도 잠을 자는 것이 낫겠다는 생각에

김광민 피아노 연주곡의 볼륨을 높인다.

소리가 꿈으로 이어질 즘 잠에 들 것이다.
소리가 다시 들릴 즘 잠에서 깨어날 것이다.

알려고 온 것이 아니야,
느끼러 왔을 뿐이야

북해도 XIII

감동을 받으면 잊히지 않는다.
수많은 이들을 잊고 살지만,
마음을 움직여 울게 하고 웃게 한
이들의 이름을 기억하며
수많은 장소를 잊고 살지만,
멈춰 머물던 그곳의 바람과
바람이 실어온 향과,
곁에 있던 낯선 이의 웃음소리의
음절까지도 기억하는 건
감동이 있었기 때문이다.

여행이라는 말 자체는 '어디로'라는 목적지가 없어도 단어
하나만으로 우리에게 광활한 자유를 가져다주며, 치유의 이름이
되곤 한다. '여행 가고 싶어'라는 말은 '나 유럽 가고 싶어'라는
말보다 넓게 펼쳐진 말이며, 미래의 말이 된다. 여행가고 싶다,라는
레이더가 펼쳐진 일상에서 '도시'의 장소가 정해지면 그때서부터
구체적인 두근거림으로 행복해진다. 모든 일상이 떠나려는
그곳으로 들리고 보이며 이야기되어지는 것이다.
같은 대한민국 안에서도 서울과 부산 아니, 가깝게는 서울과

파주라는 공간은 다르다. 외국인들이 우리나라를 여행할 때 대부분 서울에 와서 서울의 곳곳을 다니기도 하지만, 어떤 이는 부산이나 경주의 여행을 선택하기도 한다. 여행의 경험이 늘어날수록 시야는 넓고 깊어진다. 개인적인 성향과 취향에 맞게 머무르는 여행을 하기고 하고, 떠나는 여행을 하기도 한다. 나는 전자에 속한다.

머무르는 여행.

아무것도 선택하지 않는 것도 선택이고, 말하지 않음도 말이 아니던가. 무엇을 볼까, 먹을까, 갈까, 할까 등의 선택은 어렵다. 선택 장애의 변종인 것일지 모르겠지만 난 늘 경험했던 것을 선택하곤 한다. 새로운 것을 선택하는 것보다 늘 봤던 영화를 다시 보고 또 보고, 먹었던 것을 다시 또 먹고, 갔던 곳을 다시 가곤 한다. 어느 곳의 오랜 단골손님으로 장소가 사라지는 순간까지 함께하기 일쑤다. 여행도 다르지 않다. 갔던 도시를 다시 가고, 또 다시 간다. 그곳에서 갔었던 곳을 다시 찾아가고 또 찾아간다. 그러다 새로움을 발견하는 것이 행복하다. 처음부터 새로운 곳 자체가 목적이 된 적은 없다.

〈동경맑음〉 다이어리diary를 촬영하려고 도쿄로 여행을 갔었다. 둘째가 뱃속에 있었던 8개월 차의 '임산부'였던 나는 유희열이 말하는 그 와플집이 있다는 '다이칸야마'라는 지명에 이끌려 도쿄 여행을 결심했다. 단지 그 이유뿐이었다. 와플은 중학교 시절

인천 제물포 지하상가 끝에 있던 가게에서 사과잼과 버터를 듬뿍
찍어 발라 접어 먹던 라운드 모양이 전부인 줄 알았던 나에게
유희열이 맛있다는 와플은 여행의 목적으로 삼기 충분했다.
서울 출발부터 다시 서울 도착까지 모든 순간순간을 촬영했다.
보급형 Dslr카메라와 단렌즈는 풍경을 읽어주는 좋은 친구가
되어주었고, 여행하며 느낀 그때그때의 생각들을 기억하며 여행
이야기를 정리했다. 이곳이 어디라는 스팟 정보와, 찾아가는 방법,
맛의 평가 등은 800여 장의 사진 이야기 중 단 하나도 없이, 800여
개의 단상으로 적힌 도쿄 이야기는 〈동경맑음〉이라는 제목으로
다이어리 시리즈의 시작이 되었다.
나의 여행이 늘 그랬듯 도쿄에서도 꼭 봐야 하는 것과 알아야
하는 것은 없었고, 정해진 것이 없었다. 그저 여행하는 나 자신이
먼저였다.
나의 마음과 시선으로 보이는 것, 담기는 것, 스치는 사소함
하나하나도 소중한 시간들은 지금 또한 변함없다. 이번 여행도
마찬가지다. 삿포로에는 무엇이 맛있고 유명하고, 여기는 꼭 가봐야
한다는 정해진 장소가 없어도, 천지사방 눈밖에 없어도, 그 눈을
쏟아내린 이 계절이 내게 하고 싶은 말이 있음을.
나는 그 말을 듣고 싶었다. 손이 시리고 발끝에 얼음이 박히는
시간이어도 그 언젠가 가장 따뜻한 시간이었노라 회상할지도
모르니까 말이다.

낯선 곳에서의
감기 기운

북해도 XIV

언젠가 어디선가
물속을 헤엄치다가
끝없이 이어지는 사막을
다시 만날지도 몰라요.
사막의 더위 속을 걷다가
깊은 바다의 한 순간을 볼지도 몰라요.

가장 다른 것은
가장 가까이에 연결되어 있어요.

여행의 시간 —

그 낯선 시간 속에선 내가 이미 겪어본 '평범한 날씨'도 평범치가

않다. 때론 여행의 감정을 결정지어 주는 '날씨'는 여행의 기분을

송두리째 바꿔놓는 '운명'과 같다.

7년 전, 홍콩 출장에서 있었던 일이다. 더운 날씨였고 들어가는

곳마다 에어컨은 지나칠 정도로 강했다. 미팅이 길어져 3시간

정도 에어컨 공기 속에 노출되어 있던 나는 호텔로 들어와 결국

열감기에 시달렸다.

혼자 깊게 앓던 그 밤이 지나고 연락이 되질 않자 직접 룸까지
찾아온 동료의 도움으로 약을 먹고 그날 일정에서 제외되었다.
"더운 날씨가 문제였나 봐…"라며 동료들에게 미안함을 전한 채
침대에만 누워 있던 그날.
동료들은 이동을 하던 중 사고가 나서 모두가 크게 작게 부상을
입어 인근 병원으로 옮겨졌다. 더운 날씨에 적응하지 못해 얻었던
감기로 사고를 면할 수 있었지만 마음이 무거워 귀국하던 날까지
내내 미열 상태였다.

내내 추웠던 날씨 탓에 밤이 되자 으슬으슬한 기운이 얹혀지는
어깨의 무게에 얼른 진통제 하나를 먹는다. 낯선 곳에서 이런 감기
기운을 느끼면 7년 전 그 곳에서의 기분이 생각나 두려워진다.
경험이 주는 예측으로 삶은 겁이 많아진다.

나의
러브레터

북해도 XV

おけんきですか?
はたしわ げんきです.

영화 〈비포 선라이즈〉는 비엔나를, 〈비포 선셋〉은 파리를, 〈카모메
식당〉은 핀란드를, 〈레터스 투 줄리엣〉은 베로나를, 〈냉정과 열정
사이〉는 피렌체를, 〈블루 재스민〉은 샌프란시스코를…
영화 스토리의 매력만큼이나 돋보이는 건 영화의 빛과 공기를
만드는 '배경'이다. 영화 속 주인공이 서 있던 그곳으로 여행을
계획하는 건 이미 자연스런 현상이 돼버렸다.
비단 영화뿐 아니라 시청률이 나쁘지 않은 드라마와 예능 프로도
'여행 상품' 홍보 효과 노릇을 톡톡히 하고 있다.
여행이든, 영화든, 무엇이든 마음만 먹으면 다양한 매체를
통해 많은 정보를 습득할 수 있다. 오히려 너무 넘쳐나서 되레
복잡해지는 시대이다. 그게 뭐지? 하는 순간 검색해보면 나와
같은 대한민국 사람이 이리 많이 궁금해했는지 무서울 정도로

중첩된 질문과 많은 답들이 카테고리별로 정리되어 있다. 이럴 때마다 모든 사람들이 거의 비슷한 질문과, 그 질문만큼의 답을 얻으며 살아가고 있는 것은 아닐까 하는 씁쓸함이 들곤 한다. 여행도 마찬가지다. 가고 싶은, 떠나고 싶은 동기 유발이 매체를 통해 비슷해지다 보니, 여행과 장소라는 고유의 개별적인 서정성이 덜해지는 것 같아 안타깝다.

같은 곳을 가더라도, 같은 곳에서 보내는 각자의 시간만큼은 개인적 서정으로 채워지면 좋겠다는 생각을 해본다.

19살 여름방학부터 영화를 참 많이 봤다. 청소년관람불가의 영화도 송도 역전에 있는 비디오테이프 대여 가게의 알바생과의 친분으로 빌려볼 수 있었다. 영화광이었던 알바생의 추천은 무조건 신뢰했다. 그 무렵 내 또래의 아이들은 자기 방에 전화를 놓는 것을 가장 로망했지만 나는 비디오테이프와 일체된 TV를 방에 놓는 것을 로망했고, 그 무렵 백일장에서 받게 된 상금으로 그 로망을 당당히 실현했다. 그렇게 영화 관람에 빠져 살던 19살을 지나 어느덧 대학생이 되었다.

영화 〈러브레터〉를 보게 된 건 그 당시였다. 1997년, 지금의 남편이자 그 당시 복학생이었던 나의 남자친구는 그해 9월, 생일선물로 '불법복제 비디오테이프'를 선물해주었다. 참 편지 쓰는 것을 좋아하던 나에게 '레터'라는 말이 들어간 영화 제목, 그것도

〈러브레터〉라는 제목의 이 영화는 '일본 소설'에 매료되어 있을
그 당시의 나에게 또 다른 장르의 기쁨이 되어주었고, 서정이
되어주었다. 하루키로 처음 만난 일본 소설, 이와이 슌지로 처음
만난 일본 영화. 19살과 20살은 그렇게 새로운 별을 만나 반짝이는
가슴으로 살았다.

영화와 책과 그림과 사진은 플롯의 완성과 기교로만 감상할
수 없다. 완성도로만 보려면 완벽함으로만 그것들을 분해하고
해체하여야 한다. 나 자신 또한 그렇지 못하기 때문에 내가 가진
정서를 움직일 때 일렁이는 감정의 움직임으로 읽고 듣고 본다.
남자친구에게 선물받은 '불법복제 비디오테이프'를 보던 그
새벽. 마치 누군가가 애잔한 일기장을 몰래 읽은 듯한 그 밤에
남자친구의 목소리가 너무나 듣고 싶었던 그 감정이 지금도
떠오른다. '누구나 가슴속에 남아 있는 첫사랑의 아련한
그리움'이라는 메시지와 함께, 영화의 배경으로 등장하는 오타루의
신비한 설경은 더위가 남아 있던 9월의 그날, 철들고 처음이자
마지막으로 겨울을 기다리는 모습의 나를 보게 했다.

おけんきですか?
はたしわ げんきです.
잘 지내나요? 나는 잘 지내요.

어제 본 남자친구에게 보내기엔 적절하지 않았지만 그 장면을
수화기에 대고 삐삐에 녹음하며 보낸 그 밤, 처음으로 이
남자와 헤어지는 상상에 마음이 아팠던 그 밤. 연인과 이별해본
경험이 없던 나는 만약 이 남자와 헤어진다면 원미연의 노래
제목처럼 〈이별 여행〉의 장소로 오타루로 가야겠다고 생각했다.
여자친구에게 축하를 전한다고 준 '불법복제 비디오테이프'
〈러브레터〉가 정작 여자친구인 나에게는 이리 이별 여행을
생각하게 했다고 후에 남자친구는 몹쓸영화,라고 하며 웃었다.
우리는 몇 해 전 정식 영화관에서 이 영화를 함께 보았다.
벌써 10년이 지난 그 시절의 영화임에도 서로의 겹쳐지는 추억과
함께, 어쩌면 가슴에서 또 다른 감정으로 히로코와 이츠키를
바라보았을지도 모른다. "잘 지내나요? 나는 잘 지내요"를 서로
다른 이름을 향해 가슴으로 불렀을지도 모른다.

1997년도에 보물1호가 되었던 〈러브레터〉는 몇 번을 보고 또
보았으며, 볼 때마다 발견을 얻었다. 지금 그것을 소장하고 있지
않은 이유는 일체형 비디오TV가 테이프를 삼켜 수리점에 보냈을
때, 결국 불법복제 테이프 때문에 운명할 뻔했기 때문이다.
(사실 지금 이 시점에서 오갱끼데스까는 〈러브레터〉, 그 불법복제
비디오테이프에게 내가 전해야 할 메시지일 듯하다.)

오타루에 왔다.

이별의 경험을 안고 만날 수 없는 한때의 연인에게 '잘 지내니?'

물으며 보고 싶지만 볼 수 없어 힘들었지만 되레 이제는 보고

싶어 하지 않을 정도로 일상의 평정을 찾아, 잊지 않겠다고 맹세한

약속을 지키지 못하고 살아 미안하기도 하다고 고백하고 싶다.

하지만 여전히 네가 그립다고 보고 싶다고 말하며 설원을 거니는

날 오타루에 오겠다고 다짐한 20살의 약속은 지키지 못했지만,

막상 온 오타루의 풍경에서 잊고 있던 20살의 날들과, 사랑과,

사랑이 평범해지고 옅어지는 과정 속에서 현실의 삶을 되돌아보게

되었다고 그에게 말하고 싶다.

지난날들에 대한 안부. 그리고 잊히지 않는 순간들, 언젠가 꿈꾸던

곳에 들어왔다는 비현실감.

인생이 나에게 보낸 '러브레터'를 받았으니, 이제 현실로 돌아와

답장을 보낼 시간이다.

나를 잠재운
어젯밤의 그이

북해도 XVI

책상 앞에서 원고를 쓰다가
이제 잠을 자야겠다고 생각하는 순간,
여기가 그때 그 호텔 침대였으면
좋겠다는 생각을 한다.

누우면 바로 잠들 수 있던 마법의 감촉.
그 호텔의
까슬했던 침대의 감촉이라면
오늘같이 피곤해 죽겠다,라는 말이
뚝뚝 떨어지는 날
침대의 사각 안에서 보호를 받으며
곤히 잠들 텐데.

북해도의 모든 공기가
벅차게 그리운 새벽이다.

환경이 바뀌면 잠을 잘 못 잔다,라고 말하는 사람들의 예민함
혹은 그 청결한 성격이 내심 부럽기도 했다. 단것을 못 먹는다는
사람들의 식성도, 마시는 물에 민감하여 지역의 물맛에 배앓이를
하는 것도, 새로운 옷을 사면 그대로 입지 않고 다시 깨끗하게

세탁해서 입는다며 그렇게 안 입는 사람도 있어요?라고 반문하는
이의 세련됨도 마찬가지로 부럽다. 그리 까다롭지 않은 성격과
그럴 수도 저럴 수도 있지 하는, 줏대 없이 그저 폭만 넓은 마음씨,
꼭 이것이어야만 한다는 것은 거의 없고 상황에 따라 대처하면
그만이지 하는 털털한 성격의 소유자인 나에게는 말이다.
사람들이 말하는 '환경이 바뀌면 잠을 못 잔다'라는 말에서의
'환경'은 거주하는 곳의 반경을 말한다. 이는 집 나가서 자는 잠은
제 아무리 친척집의 깨끗한 담요와 이불 사이라도 뒤척인다는
말로 다시 이야기할 수 있다. 거기에 비하면 나는 오히려 환경이
바뀌어야 그나마 잠을 좀 자는 사람이다. 집에서는 아무리 긴 시간
자도 잠의 두께가 채 1mm도 안되는 살얼음 같은 수면 상태다.
일찍 일어나야 하는데, 늦게 일어나면 안 되는데, 전기밥솥 전원이
켜졌네, 국 냄새가 나네, 그릇들이 달그락거리네 등…. 자면서도
몸의 촉수는 가족 한 명 한 명의 움직임에 연결되어 마치 어디에
붙어 있는 센서인 양, 잠결에도 "그게 어디 갔지?"라는 말이
들려오면 어디 있는지 위치를 설명해준다. 엄마로, 며느리로,
부인으로 3대가 같이 사는 집에서 새벽 5시가 넘어 잠들어도 아침
7시에 깨는 게 미안한 위치(?)에 놓인 사람인지라 아무리 피곤해도
마음이 불편하다. 그래서 늘 벽을 보고 웅크려 잠들어 그대로
일어나는 꼴이 마치 '암모나이트'처럼 화석스럽다.

여행이 나에게 주는 여러 가지 의미 중엔 '잠'이 있다.

추운 도시에 있는 호텔의 침대 이불은 까슬한 감촉과 적당한

두께와 무게감을 가졌다. 혼자 떠나온 낯선 나라, 낯선 침대 위에

밤의 어둠과, 혼자라는 적막함으로부터 나를 보호해주는 이불의

존재는 이렇게 사람 같다.

누군가 내 뒤에서 팔을 내어주고 한 팔로 나를 감싸 안고 있는 그런

체온을 느낀 밤 ― 내일 떠나야 할 곳을 잊게 해준 밤 ― 아무것도

준비하지 못해 불안한 맘을 잊게 해준 그 밤, 그대로 잠든 그 밤.

다음 날 아침.

졸음 기운 하나 없이 말간 기운일 수 있었던 건, 마주보고 잔 것이

벽이 아닌 창문이었던 것. 그리고 그 창문에서 함박눈이 내리고

있었다는 것.

나를 잠재운 어젯밤의 그가 마련한 이 아침은 이토록 완벽했다.

천천히 일어나 창가의 커튼을 활짝 쳐놓으니 자고 일어난 침대

시트의 구겨짐에 소소한 웃음이 난다.

내게 팔베개를 해주던 간밤의 그는 이런 아침을 내게 준 채 어디로

사라진 것일까?

라고 생각하니 말이다.

녹아도 좋아,라고 말할 만큼
용기가 나지 않아서

북해도 XVII

숨 쉬는 것을 잠시 잊었다.
그랬으니
보이는 것만 보려 했고
듣고 싶은 말만 들으려 했으며
말하고 싶은 것만 말하려 했다.

그런 주제에
타인과 소통하고 싶어 했고
그러다가 이해받지 못하면
오해는 녹지 않고
서로를 외롭게 했다.

그렇다고 붙박이 같은 현실과
영원히 결별할 수도 없고
모든 것을 안 보고 살 수도 없으니
잠시 모든 나의 현실과 결별하여
떠나, 이곳에 오고자 했다.

설레임으로 떠나는 여행이 있는가 하면
돌아오지 않을 듯 아프게 떠나는
여행도 있다.

그렇게 떠나온 여행.
불어오는 남서풍, 그 바람에서도
오후 4시의 금빛 햇살에서도
타인의 웃음에서도
그때 마침 흐르는 나의 눈물에서도
과산화수소 냄새가 난다.

상처받은 사람만이 상처를 안다. 상처를 어떻게든 이겨내려

치유하고자 노력한 사람만이 다시 상처 입는 것에 대한 두려움을

안다. 상처는 전신을 둘러싼 막을 찢어내어 이면에 감춰진 사실과

진실을 보게 하고, 믿었던 것들의 부질없음을 안겨준다.

상처로 인해 다시는 상처받지 않기 위해 마음을 내놓거나,

주려고도 보려 하지도 않는다. 되도록 입지 않으면 좋을까 싶지만,

그것도 아니다. 상처로만 알게 되는 마음의 세계가 있다.

잠자는 숲속의 공주를 위해 모든 물레가 버려졌어도 그 어디선가

돌고 있던 물레 하나처럼, 우리의 인생에는 손가락을 찌를 준비를

하고 있는 물레가 그 어디에선가 존재하고 있다.

마음의 상처라는 것, 시간이 지나고 나서야 비로소 알게 되는

내상內傷을 치유하는 데는 꽤 많은 시간이 필요하다. 누군가가

돌봐주고 만져주지 않는다. 결국 치유 또한 스스로의 몫이라

그렇다. 물레에 찔려 내내 일어나지 못하다가 왕자의 입맞춤으로

일어난다는 해피엔딩을 생각하며, 왕자를 기다리는 이는 없지

않은가.
상처받은 마음이 겨울과 같아, 이 계절엔 눈물이 눈[雪]이 되어
내린다.

추위를 유독 두려워하여 '겨울'에 대한 이미지를 웬만하면 마음에
심지 않고 살았다. 그러다 우연히 〈겨울왕국〉을 보았다. 렛잇고
열풍과 더불어 각 캐릭터들이 여러 사람들의 입에서 회자되었을
때, 나도 슬며시 마음에 둔 캐릭터가 있었다.
올라프. 수다스럽고 정신없고 산만하지만, 자신의 몸을 분해시키는
자학 개그와 함께 인간에게 던지는 대사는 사랑스럽기까지 했다.
"친구를 위해서라면 몸이 녹아도 괜찮아." "사랑이란 다른 사람이
원하는 걸 네가 원하는 것보다 앞에 놓는 거야."
눈사람인 주제에 여름을 사랑하고, 따스한 포옹을 좋아하는
무모한 올라프.
올라프는 상처로 얼어붙은 마음 한 켠을 따뜻하게 해주었다.
뜨거운 난로 앞에서 안나에게 "친구를 위해선 녹아도 좋아"라고
말하던 그 마음에, 나는 문득 내가 그렇게 말할 수 있는
사람이던가… 하며 다른 모든 것은 잊었어도 그 장면 하나만,
올라프 하나만은 마음에 두었다.

여름을 좋아하는 올라프, 따뜻한 포옹을 좋아하는 올라프.

"좋아하는 것을 이루는 삶이 왜 행복하고 아름다운지 모르겠어?
하지만 현실이 어쩔 수 없잖아"라는 변명으로 좋아하는 것을
이루는 게 아니라 미루며 사는 나. 녹아도 좋아,라고 말할 만큼
용기가 없었던 것을 인정한다.

올라프가 어디선가 걷고 있을 것 같은 날씨의 북해도에서 위로를
받는다. 현실에 없는, 하지만 되레 현실에 존재를 위로 삼을 수 있는
지금은 나쁘지 않은 것이다.

정성스런
양치와 세수

북해도 XVIII

우울하여 우울한 채로 하루하루를 보낸 때가 있었다. 현대인들이
누구나 갖고 있는 약간의 우울증이 나에게 꽤 오래 동안 영향을
주던 때가 있었다. 어릴 적 트로트 가수가 부르던 노래 제목이자,
가사에 등장하는 '거울도 안 보는 여자'가 이렇게 존재했다. 못나게
생긴 모습을 보기 싫어 거울을 안 보는 것이 아니라, 마음에
'지옥'을 둔 나를 바라보는 게 두려웠다. 집 욕실과 파우더룸에
거울이 있는 것이 빌미가 되어 나는 한때 세수와 양치질을 안
하거나, 양치질은 해도 세수를 하지 않으며 모자를 눌러 쓰고 다닌
적이 있었다. 하여 모든 것을 기피하거나, 사람을 만나도 정성스럽지
못했다. 그렇게 하루를 시작했고, 그 모습 그대로 잠들었다.
이 시간이 길면 안 된다는 것을 누구보다 잘 알고 있었고, 그러지
말자고 다짐하면서도 하루하루, 중력을 잃은 사람이 되곤 했다.

어느 날, 사회 생활자로 약속에 나가는 자리… 아무 일도 없었던
날의 나처럼 파우더룸에 앉아 거울을 보며 마스카라로 속눈썹을
올리려고 눈을 치켜뜨다가 문득 20살 시절에 보았던 영화
〈혐오스런 마츠코의 일생〉이 떠올랐다. 사랑에 빠지면 누구보다
행복했고, 아낌없이 전부를 주던 마츠코가 말한 인생의 가치는 내
인생의 방향方向과 다르지 않아 그 무렵 나에게 꽤 큰 의미였다.
"어릴 땐 누구나 자기 미래가 반짝반짝 빛나고 있다고 생각하죠.
하지만 어른이 되면 자기 생각대로 되는 일 따윈 하나도 없이 늘
괴롭고, 한심하기만 하죠."
"인생의 가치는 말이야. 다른 사람에게 무엇을 받았는지가 아닌,
다른 사람에게 무엇을 주었는지로 정해지는 거야."
마츠코의 말처럼 인생은 마음먹은 대로 흘러가지 않는다. 그래서
길을 잃기 일쑤고, 다시 제자리로 돌아오려다가 인생의 모든 시간을
보내버린다. 흘러간 그곳은 두려움만 남아 있는 어른의 시간이다.
마스카라를 하다가 눈물이 나면 낭패다. 눈시울이 뜨거워졌다
싶더니 마치 소나기처럼 흐르지 않은 채 뚝, 하고 테이블에
떨어졌다. 어디서부터 잘못된 걸까? 오늘 미팅을 잡은 것? 괜히
마스카라를 하려고 한 것? 갑자기 마츠코를 생각한 것? 내가
누군가를 정말 좋아하고 사랑해서 모든 것을 준 것? 그 사람이
나를 떠난 것? 티슈로 어떻게든 눈물을 닦으며 수습하다가 주체할
수 없어서 결국 화장을 망쳐버렸다. 처음부터 다시 세수를 하기로

했다.

깨끗이 화장을 지우고 세수를 하고 양치질을 시작했다. "다른
사람에게 무엇을 받았는지가 아닌, 다른 사람에게 무엇을
주었는지로 정해지는 거야." 다시 한 번 마츠코의 말을 읊조렸다.
후회하는 순간, 있었던 사랑도 가졌던 의미도 퇴색된다.
그날, 두 번의 세수와 두 번의 양치질을 하고 두 번의 화장을 한 날,
나는 종일 마츠코를 생각했다.

잔인하리만큼 솔직하게 자신의 인생 이야기를 들려주는 마츠코가
주는 위로는 내 인생의 두 번째 방향이 되어주고 있다.
겨울 여행에서 있는 그대로의 슬픔에 손을 내미는 것.
하얀 눈 위를 걸으며 짙은 그림자를 바라보는 것으로 살아온
시간을 덤덤히 이야기한다.
꽤 정성스런 세수와 양치질, 누군가에게는 당연한 일상의
습관이겠지만 그렇지 않은 이도 있다.
그것은 오늘 하루를 잘 살겠다는 거창한 다짐인 것이다.

다시,
아무렇지 않은 일상

'봄이 온다', '여름이 온다', '어느새 가을',
'첫눈이 내린다, 겨울'.
이렇게 감탄하며 맞이하는 사계절.
감탄사를 되뇌며 한 계절을 오롯이
바라볼 수 있는 게
얼마나 행복한 일인지 알고 있다.

하고 있는, 적지만은 않은 일들을 '해야만 할 일'들과 조율하고
정리했다. 문제는 조율과 정리의 결과가 홀가분하게 일이 줄어드는
것이 아니라 정리하여 빠진 그 자리에 다시 그동안 하고 싶던
일들을 채워 무거워지는 것이다. 다행인 것은 하고 싶은 일이란
갖고 있는 에너지를 써야 하는 일이 아닌, 새로운 에너지를 만들기
위해 긴 시간 집중하며 무언가를 연마하는 일이라는 것이다.
길고 깊은 생각의 다음은 행동과 실천이다. 상황과 사정에 따라
시작의 방법은 달라지지만 첫 마음의 온도를 지키며 천천히
걸으리라.

존재가 주는 다정한 위로,
나의 부엉이 인형들

"부엉이를 좋아해?"라며
부엉이를 좋아하는 것을 특이하다고 말하던 주변 사람들이
"네 말을 듣고 보니 부엉이가 자주 보인다"라고 말한다.

생각 없이 모르고 보면 보이지 않지만 조금이라도 알고 나면
그다음부터 보이기 시작한다. 우리가 흔히 말하는 징크스나 미신
또한 그렇다. 모르면 몰랐지 알게 된 이후부터는 계속 신경이
쓰인다.

설거지할 거리를 남기고 자면 다음 날 근심이 생긴다. 젖은 옷을
입고 다니면 억울한 일이 생긴다. 밥 먹고 물을 마시지 않으면
가난하게 산다. 다리를 떨면 복이 나간다. 밤에 휘파람을 불면

뱀이 나온다. 밤에 손발톱을 깎으면 나쁜 일이 생긴다. 꿈은 절대 오전에 이야기하면 안 된다. 빗자루를 침대에 기대놓으면 빗자루에 있는 귀신이 침대에 주문을 건다. 베개를 밟으면 부모님에게 좋지 않은 일이 생긴다. 베개를 세우면 밤에 도둑이 든다. 문지방을 밟으면 논두렁이 무너지고 복이 나간다. 잘 때 누군가가 얼굴에 낙서를 하면 영혼이 들어오지 못한다. 무덤의 수를 세면 안 된다. 꿈 이야긴 정오 전에 하면 좋은 꿈은 날아가고, 나쁜 꿈은 현실이 된다. 남이 빚은 반죽에 소를 넣으면 내가 살아갈 시간을 덜어준다. 이불을 뒤집어 덮으면 팔자가 뒤집힌다. 숟가락 젓가락을 한손에 쥐면 가난해진다. 안방에는 시계나 그림을 너무 많이 걸면 사람이 피곤해진다. 입방정은 그대로 이루어진다. 침대에 거울을 마주 걸어 자는 모습을 보면 운이 닿는다. 누워 있는 아이 위로 지나가면 그 아이는 키가 잘 자라지 않는다. 후춧가루를 흘리면 제일 친한 친구와 말다툼을 벌이게 된다. 그리고 밝은 대낮에 올빼미를 보면 액운이 닥친다.

내가 아는 일상 미신(?)을 적어보았다. 하나 더 추가해보자면 나는 14살 적 이후로 계단의 수를 절대 세지 않는다. 중학교 1학년 때 친구와 둘이 남아 책을 읽다가 어둑해져서야 교실 밖 계단을 내려오던 길 "4층부터 있는 계단이 몇 개인 줄 알면 단짝 친구가 죽는데. ○○ 알지? 걔가 계단 세다가 무서워서 멈췄는데 걔 단짝친구, 사고 나서 학교 못 나오잖아…"라는 말도 안되는 친구의

학교 괴담(?)을 들은 덕분이다. 그 후로 의식적으로 계단을 보면 딴 생각을 하려고 부단히 애를 쓴다. 밋밋한 일상의 '간'을 맞춰준다고 생각하면 그만이지만 '―을 하면 안 된다. 그러면 ― 이렇게 된다.'라는 미신의 협박은 때론 공포스럽다.

다리 떠는 옆 사람 허벅지를 딱 잡으며 "복 나가요"라는 말 한마디 안 해본 사람 어디 있을까. 빨간색으로 사람 이름을 적으면 안 된다고 믿던 유년의 금기 없는 이가 있을까. 아파트 14층에 살면서도 밤에 휘파람 부는 이에게 "뱀 나와요"라는 말을 안 할 사람이 어디 있을까. 들으면 왠지 그럴싸해 보이는 말들이 있다. 남이 할 땐 말도 안 돼, 그런 걸 누가 믿냐 말하지만 문득 밤에 손톱을 깎으려다가 그 말이 생각나면 그때부터 찝찝하다. 밤에 잘 깎아오던 손발톱을 "밤엔 몸에 모든 기氣가 사지의 끝이라 할 수 있는 손톱 발톱에 모이는데, 그걸 깎으면 안 좋대."라는 친구의 말을 들은 후 더 이상 깎지 않는다.
한 번도 안 걸려본 감기라고 말한 다음 날 걸린 감기, 차 안 막히네,라고 한 다음 신호부터 내내 막히는 교통 상황은 단순히 그럴 수밖에 없는 타이밍이 문제지만 입이 방정인 내 탓이다. 귀가 간지러우면 귀 청소가 필요하다는 신호로 받아들이지 않고 왼쪽 귀인가 오른쪽 귀인가 생각하며 누군가 나를 칭찬하는지 험담하는지 추측한다.

이쯤 되면 나는 일상 미신(?) 수호자로 부적을 몸에 지니고 다니지 않느냐는 말을 들을 법한데, 물론 나는 부적을 갖고 다닌다. 그렇다고 용한 점쟁이가 내 사주팔자와 액땜을 위해 만들어준 부적은 아니다. 내 지갑에 있는 부적은 작년 가을, 샌프란시스코에 중국인 거리에 있는 가게에 들어가, 아버님 생일 즘 노인정 어른들에게 선물할 점잖은(?) 모양의 부엉이 수저 세트를 몇 개 구입하고 받은 책갈피처럼 생긴 부엉이가 그려진 종이일 뿐이다. 점원이 부엉이를 좋아하냐고 물었을 때 그렇다고 하며, 어른들에게 드릴 거라고 하니 중국에서 왔다는 그녀가 "부엉이는 중국에서 고양이 얼굴을 닮은 매라는 말로 '묘두응猫頭鷹'이라고 한다. '고양이 묘猫'는 70세 노인을 뜻하는 '모耄'자와 음이 비슷해 장수를 뜻해서 어른들에게 좋은 선물 될 거다."라고 말해주었다. 사실 장수를 뜻한다는 것은 알았는데 그 말의 정확한 유래에 대해선 몰랐다고, 새로운 사실을 알게 되어 기쁘다고 답해주었다. 그랬더니 그녀는 나를 보며 "부엉이를 닮았다. 근데 너무 피곤하고 아파 보인다"라고 말하며 서랍에서 무언가를 꺼내주었다. 포근하게 자고 있는 부엉이가 그려진 종이에 빙그레 웃음이 났다. 그녀는 그것을 지니고 다니면 잠이 필요할 때 잠을 잘 수 있을 거라며 마치 처방전을 내주는 의사처럼 진중하게 종이를 내 손에 쥐어주었다. 그리고 나는 마치 은밀한 무언가를 받은 사람처럼 아무도 몰래 지갑 깊숙하게 그것을 넣어두고 다녔다. 사실 여전히 불면이긴 하지만,

그러다가도 어느 날 나도 모르게 한잠 푹 자고 나면 지갑 속에 그
부엉이 그림의 힘은 아닐까 하고 그날을 떠올리곤 한다.

"결혼 앞두고 그즘에 실제로 저녁 즘 부엉이를 우연히 보게
되었거든요. 실제로 본 게 처음이었는데 부엉이 기운이 참
묘했어요. 근데 알고 보니 남자 부엉이와 여자 부엉이가 만나면
평생 헤어지지 않고 오래오래 같이 산대요. 처음엔 그런 의미로
받아들이고 좋아하기 시작했어요."라고 부엉이를 왜 좋아하냐고
묻는 이들에게 답하곤 했다. 하지만 사실 말하지 않던 '일상
미신' 때문인 것도 있다. 그날 부엉이를 봤다는 말에 그 동네에
살던 어른이 부엉이라는 말 대신 올빼미라는 말을 하며, "해
지기 전에 올빼미를 본 거야? 소금 뿌려야겠네! 낮에 올빼미
보면 안 좋아! 결혼 앞둔 사람이…" 하며 정말 굵은 소금을 집어
던지듯 뿌려주셨다. 부엉이든 올빼미든 암튼 낮에 보았다는 것이
안 좋다는 말보다 사실, 그 소금을 맞는 기분이 훨씬 안 좋았다.
그리고 집에 와서 어른이 한 말에 대해 생각하다가 이것저것
찾아보았는데 다행인 건 내가 본 것은 확실히 '부엉이'였다는
것이다. 머리에 깃이 뾰족하게 올라와 있는 것은 '부엉이',
깃이 없는 것은 '올빼미'라는 사실을 확인했다.
그리고 밝은 대낮에 올빼미를 보면 액운이 닥친다,라는 말이
존재하긴 했다. 하지만 내가 해 지기 전에 본 것은 '부엉이'였다는

사실과, 남녀 부엉이는 평생 헤어지지 않고 산다는 것을 알게 된
후 나는 마치 시한부 판정 후 오진(?)이라는 소식을 들은 사람처럼
내심 기뻐했다. 하여 그 이후로 부엉이는 내게 각별하고 의미 있는
존재가 되었다.

여전히 나는 '일상 미신'의 금기 속에 벌벌 떨거나, 감정 손해를
보는 날들을 보내고 있지만, 내겐 일상을 용감하게 보내는 데 힘을
보태주는 '부엉이'가 있다.
올 초, 떡국에 후춧가루를 뿌리다가 후추 통 뚜껑이 열려
후춧가루가 쏟아졌을 때 옆으로 흩어지지 않고 내 떡국 안으로
죄다 흘러 쏟아졌으니 올해는 친한 친구와의 싸움 없이 내
자신과의 싸움으로 가득하겠다며, 미신을 스스로 해몽하는 지경에
이른 나를 보며 부엉이들과 함께 웃었다.
'찌르찌르'와 '미쯔르'가 열심히 찾던 희망의 파랑새가 있다면,
밤삼킨별, 나에게는 일상미신을 해몽해주는 부엉이가 있다. 일상과
세상을 여행하며 만나는 부엉이가.
이를테면 가장 추운 도시에서 데려온 비에이 부엉이는, 나에겐
올라프 이상의 겨울 친구가 되어 내 인생의 겨울을 함께 다정히
여행할 것임을.

후회를
한잔 건네는 시간

탄산 같은 후회 한잔
아쉬움이 사라지기 전에.

모르는 사람인 채로 지내던 시절이 차라리 나았을지도 모른다.
바라보는 것까지가 좋았던 관계가 있다. 아니면 혼자 좋아해서
좋았던 마음이 차라리 괜찮았을 거라고 후회되는 시간도 있다.
나에게 너라는 사람이 그럴 수도 있고, 너에게 나라는 사람이 그럴
수도 있다.
후회하는 일을 하지 않고 살면 된다는 말이 가능하기나 할까. 후회
없이 사는 것이 과연 의미 있을까. 잊히지 않는 '아쉬움'이 모이고
뭉쳐 만드는 '후회'가 있어야만 가능한 것이 바로 '다음의 시간'이다.
다시 말하자면 후회의 전과 후로 나누었을 때 후회한 시간 후에
조금 더 나은 '다음의 시간'을 가질 수 있다.
문제는 아쉬움은 기포와 같은 것이어서 후회에게 생명력을 오래
갖게 하지 않는다는 것이다.

사는 게 다 이렇다는 김빠진 체념과, 어쩔 수 없다는 녹아버린 아이스크림 같은 단념, 안 봐도 뻔하다며 단정하는 무개념은 일상을 더부룩하게 만들고 관계를 어긋나게 할 뿐이다.

우리는 잘하고 있다고 생각하지만, 그 생각부터 잘하고 있는 생각이 아니듯. 잘 아는 것으로 행복한 듯하지만 사실 잘 모르는 것을 알아가는 것으로 행복하다는 것을 잊고 있는 우리에게 우리가 갖고 있는 '후회'를 한잔 권하는 시간이다.

사람이
어떻게 변하니

아빠는 변했다. 철들면서부터 손에 잡았던 담배를 환갑이 되어
끊었다. 그녀는 달라졌다. 생전 입지 않던 치마와 하이힐을 신었다.
그 녀석은 이상해졌다. 먹고 잠자는 시간 빼고 책만 들여다보았다.
무언가가 그들을 변하게 했다. 독한 변화. 외적인 변화를 가져왔다.
누군가, 무언가, 언젠가, 혹은 그 스스로에 의해 어느 순간 시작된
변화. 저 깊은 내면의 변화에서 시작되는 외적인 변화. 궁극적으로
다른 변화를 꿈꾸는, 과정의 변화, 행동의 변화. 결혼을 하면서,
직장을 옮기면서, 어떤 헤어짐을 겪은 후에, 책 한 권을 읽은 후에,
이상형을 만난 후에, 나도 그렇게 변했다. 꼭 무슨 일이 있었던
것은 아니다. 무슨 일이 없어도 나는 쑥쑥 자라 어른이 되었고 쑥쑥
자라는 아이의 엄마가 되었다.

어쩜 그렇게 한결같니,라는 말을 들었을 때 나는 웃었다.
내가 야심차게 변신을 시도했을 때 사람들은 몰랐다. 그것이
얼마나 디테일하고 큰 마음먹고 한 변화인지. 내 내면이 얼마나
화려해졌는지. 나중에 깜짝 놀라지 말고 지금 조금씩 놀라는 게
좋을걸. 나는 속으로 생각했다. 너 변했구나,라는 말에도 나는
웃었다. 너는 나를 잘 모르는구나,라고 웃었다. 정말로, 너는
몰랐지? 내가 이런 화사함을 갖고 있는지. 혹은 이런 화가 가슴에
있었는지. 어느 틈엔가 나오는 새로운 모습에, 모르는 사람들은
'이런 모습도 있었어?' 하고 놀라지만, 안다고 생각했던 사람들은
'넌 변했어' 하며 질려 하기도 한다. 물은 계속 흐르지만 이미
아까의 그 물이 아니다.

변화는 가슴속에서 나의 다른 모습을 꺼내는 것이다. 자연스러운
변화는 그렇게 온다. 내 것이 아닌 것으로의 변화는 불안하고
불편하다. 나는 자연스럽게 변했다. 엄청나게 큰 사건이나 변화의
계기가 아니고서는 대개 모두 그렇지 않을까. 시간이 흐르면서
조용히. 천천히 물이 흐르듯이. 12월부터, 월요일부터, 12시부터
바뀌려고 하는 정각 관념의 계획은 곧잘 실패한다. 그것은
어디까지나 내 마음이 미루는 임의의 설정이기 때문이다. 변화를
원할 때, 그 순간에 조용히 마음을 먹고 하나씩 움직이면 그것은
차츰 빛을 찾아간다. 그리고 조용한 변화가 생각보다 많은 것을

바꾼다는 걸 우리는 알고 있다.

마음이 움직이는 곳으로, 옳다고 생각하는 곳으로 나는 변화해왔다. 작은 나눔의 일들이나, 세상에 나를 표현하는 방법, 나의 사람들을 아끼는 방법들. 그것이 공감을 얻을 때 누군가가 옆에서 걷고 있었고, 그렇지 못할 때는 조용히 떠나갔다.

그것이 옳지 않은 것이라면 언제든 변할 수 있다는 변화의 유연한 가능성을 안고, 나는 또 변해갈 것이다.

잘 살고 있지 않은
모두에게

그때 그때는, 그때가 지나면
괜찮아질 줄 알았고
그때가 지났을 그때는,
다시 지금이 되면
괜찮아질 거라 믿었다.
노력하지 않았음이 아니고,
애쓰지 않았음이 아님에도
지금은 그때와 다르지 않고
여전히 힘들고 여유롭지 못하다.
하여 나는 희망을 연장한다.
다시 괜찮아질 미래까지
가보기로 한다.
그것밖에 믿을 게 없는
슬픔을 안고.

부러운 사람도 없다. 땅을 사서 배 아프다 여길 사람도 없다.
롤모델이니 멘토니 하며 누군가의 삶의 방향을 동경하거나
따라가고자 열망하지도 않는다. 누군가가 부러워하는 무언가를
갖고 날름날름 혀 내밀며 누군가를 조롱하거나, 그것을 휘두르며
치장하고 사는 못난 어른이 되기는 더더구나 싫고, 이미 모두가
이 정도는 가져야 보통의 삶이라 말하는 그 간주에 들어가기 위해

안간힘을 쓰기도 싫다.

'남 부럽지 않은' 삶을 살기 위해 '남'을 곁눈질하며 견주는 시간도
아깝다. 내가 가진 모자람과 연약함 등의 결핍을 매만지며 나는
나대로, 나로서의 견고한 인생을 살아가고 싶을 뿐이다.

하지만 잘 안다.

그렇게 사는 것이 말처럼 쉽지 않은 것을 이런저런 경험을 통해 알
만큼 알고 있다. 하여 어쩌면 '그렇게 살고 싶다' 마음먹은 그것과,
'노력하며 살고 있다'는 허울에 안주하며, 때론 위안 삼으며 적당히
지내고 있는지도 모른다. 이런 나에게 정말 필요한 건 차라리
적당한 타협과 포기는 아닐까? 살아가고 싶은 인생이 결코 녹록치
않은 길임을 알기에 '담대함'이 필요한지도 모르겠다.

남과 다르면 불안하고, 남과 엇비슷하면 중간은 살고 있다고
착각한다. 가만 있으면 중간이라도 간다는 일침을 듣고 살았으니
가만 있으면서 중간이 유지되는 너와 나는 서로의 눈치를 보고
있다. '나만 이런 건 아니네'라는 안도감은 서로 별반 다르지 않은,
가만 있어 '중간 유지자'인 서로를 곁눈질시키며 암묵적으로
'중간은 살고 있어, 나쁘진 않잖아'라며 안심을 주고 있다.

이때 우리가 얻는 것은 편안함이 아니라 안일함일지도 모른다.

대가 없이 그저 수동적으로 누리려는 안일安逸한 진공 상태 안에서
얻는 편안함.

그 편안함을 유지하며 사는 것이 정말 잘 살고 있는 것일까?
나만 힘든 게 아니라서 다행이라 말하는 안일한 진공 상태의
우리들은 제대로 숨 쉬고 살고 있는 걸까? 내 앞의 네가, 내 곁의
네가, 내 뒤의 네가 더 이상 밝게 웃지 못한다. 언제 웃어야 할 지,
울어야 할 지 타이밍도 잃어버렸다.

무언가를 선택해서 갖고 이루고자 하는 것만이 노력이라고
생각하지만, 무언가를 선택하지 않고 포기하지 않으려고 하는 것도
노력이다. 여행을 떠나고자 꿈꾸는 것만이 행복이고 떠나지 못하는
이가 불행한 것이 아니라, 이곳에 머무는 차선을 선택한 것 또한
행복이다. 상처 없이 산다고 잘 사는 것이 아니다. 가려던 길을 걷다
넘어져 얻는 상처가 잘 살고 있다는 증거이다.

안일한 진공 상태 안에서 얻는 편안함이 불편한 우리들은,
다시 말해 잘 살지 못하고 있는 우리들은 어쩌면 잘 살고 있는
것일지도 모른다. 가만 있으면 중간이라도 유지시켜 주겠다는
세상으로부터 가만 있지 않으려는 우리들은 비록 그들이 '잘 살지
못하고 있다'라고 비난할지언정, 그 비난을 받음으로 인해 이제서야
안일하지 않은, 우리의 선택으로 담대한 내 인생의 이야기를 시작
할 수 있게 된 것이다.

누군가들이 만들어놓은 가만 있어야 유지되는 '중간'을 뒤흔들며
'잘 살고 있지 않은 우리 모두'의 하루를 응원한다.

생명이 있는 기다림이
내 인생을 배려해줄 테니까

기다림을 잊고.
기다림을 버리고.

막연한 기다림과
알면서도 어쩔 수 없는 것들은 마음을 아프게 한다.
기다림과, 어쩔 수 없는 것 그 자체가 아닌 그런 감정을 가진 내가
아픈 것이다.

무디고 아둔한 심정이어서
지나칠 수 있거나 연연해하지 않을 수 있다면 좋겠다.
나도 너와 똑같은 보통의 기분으로 살 때가 된 듯도 한데
이런 나여서 그리 사는 것이 쉽지가 않다.

하지만 언젠가 나도 무게 없는 기다림과
내 마음을 마음 그대로 둔 채

보통의 기분으로 이런 글을 남긴 시간조차
기억 못하는 날이 올 것이라고,
그런 날을 기다려보기로 한다.

그리고 그 하나의 '기다림'만이 내 심정이길 바란다.
기다림이 있으나, 기다림만이 목적이 되지 않는 심정 말이다.
기다림밖에 남지 않는, 목적 없는 일상이 얼마나 괴로운지,
또 기다림이 사라지고 난 뒤 모든 것이 새하얀 잿더미처럼
후회로 뒤덮인 일상의 폐허를 마주하는 그 순간이 얼마나
절망스러운지 알고 있기 때문이다.

기다림이 있을 뿐,
그것이 전부가 아닌 인생일 수 있도록 노력하고 싶다.
기다리고 있다는 그 자체를 잊을 때
생명이 있는 기다림이 내 인생을 배려해줄 테니까.

살아가는
시간

내가 아닌 다른 사람들의 삶이 마냥 아름다워 보일 때가 있다.
그리고 때론 누군가가 나의 삶을 아름답게 보고 있음에 서글퍼질
때가 있다.
서글퍼진다 한들, 그렇게 보는 이가 한 번 더 웃을 수 있다면
아름답지 않더라도, 아름답게 보이는 삶도 의미가 있을지도 모른다.

타인 앞에서 유독 부끄럽고,
부끄러운 남루함을 들키지 않으려
완벽에 닿으려 허둥거리는 아련한 내 삶이
가족 안에선 '완벽하지 않음'으로 이해받을 때 차오르는
삶의 의미들.

그 의미들로 아름다움을 간직할 수 있노라고,
사소하고 곁에 있는 것들이 진짜 삶이라고,
떠나는 계절이 이야기를 전해준다.